Jules Verne

EL CASTELL DELS CARPATS

Traducció de Maria Antònia Oliver

EDICIONS DE LA MAGRANA

Consell assessor: *Pep Albanell, Assumpció Lisson, Núria Reynés* i *Lluís Simon*

La primera edició de la traducció catalana d'aquesta obra va ser publicada per 7 × 7 edicions l'any 1978

Primera edició: abril de 1981
Segona edició: febrer de 1983
Tercera edició: febrer de 1984
Quarta edició, corregida: novembre de 1985
Cinquena edició: març de 1987

Disseny de la col·lecció: Pep Trujillo
Il·lustració de la coberta: Lluís Valls
Il·lustracions dels text: Marcel Bergés

Títol original: *Le château des Carpathes*

Apartat de Correus 9487 - 08080 Barcelona

Imprès a Diagràfic, Constitució, 19 - 08014 Barcelona
ISBN: 84-7410-072-0
Dipòsit legal: B. 5.743 - 1987

I

Aquesta no és una història fantàstica, no és una història novel·lesca. Cal dir, també, que no és una història certa perquè és inversemblant? No, això seria un error. Vivim uns temps on pot passar tot —gairebé podríem dir que ja ha passat tot—. I si la nostra narració no és versemblant avui, ho pot ser demà gràcies als recursos científics que són el destí de futur, i llavors ningú no gosaria posar-la entre les llegendes. Per altra banda, ja no sorgeixen llegendes a finals d'aquest pràctic segle XIX. No en sorgeixen ni a la Bretanya, la contrada dels *korrigans* esquerps, ni a Escòcia, la terra dels *brownis* i dels gnoms, ni a Noruega, la pàtria dels elfs, les sílfides i les walquíries, ni tan sols a la Transilvània, on els Càrpats abonen amb tanta naturalitat totes les evolucions psicagògiques. No obstant això, cal fer notar que les contrades transilvanes tenen encara molt arrelades les supersticions dels primers temps. M. de Gérando ha descrit aquelles terres de l'extrema Europa, i l'Elisée Reclus les ha visitades. Cap dels dos no n'han dit res de la curiosa història sobre la qual es basa aquesta novel·la. L'arribaren a conèixer? Potser sí, però no degueren voler atiar-hi més foc. És una llàstima, perquè l'haurien contada, l'un amb la precisió d'un analista, i l'altre amb aquella poesia instintiva. Però com que no ho feren cap dels dos, intentaré de fer-ho jo per ells.

El 29 de maig d'aquell any, un pastor vigilava el seu ramat pel pendís d'un altiplà verdejant, als peus del Retyezat, que domina una vall fèrtil, atapeïda d'arbres de troncs rectes i rica en bons conreus. Aquest altiplà, descobert, sense recers, és batut durant l'hivern per les galernes, que són els vents del nord-oest, com si fos amb una navalla de barber. Llavors la gent del país diu que l'altiplà s'afaita —i a vegades de massa prop—. Aquell pastor no tenia res d'arcàdic en la seva aparença grotesca, ni la seva actitud era gens bucòlica. No era ni Dafne, ni Amintas, ni Titires, ni Lícidas o Melibea. El Linyon no mormolava als seus peus, calçats amb esclops de fusta. No, era el Sil de Valàquia, les aigües fresques i pastorals del qual haurien estat dignes de lliscar a través dels meandres de la novel·la de l'*Astrée*.

Frik, Frik del poble de Werst —així es deia aquest rústic pastor—, tan poc curós de la seva persona com dels seus animals, era bo par allotjar-se en aquell corral sòrdid que s'aixecava a l'entrada del poble, on els bens i els porcs hi vivien en un fastigós enllardament —única paraula que serveix per a descriure les polloses corts del comitat— (1).

El ramat, doncs, pasturava menat per l'esmentat Frik que, estirat sobre un turó cobert d'herba, mig dormia amb un ull tancat i l'altre vigilant, amb la pipa a la boca, fent de tant en tant un xiulet als gossos quan alguna ovella s'allunyava de la pastura, o sonava el corn, que arrabassava ecos múltiples a la muntanya.

Eren les quatre de la tarda. El sol començava a declinar. Alguns cims, emboirats de calitja, s'il·luminaven a l'est. Cap al sud-oest, dos trencs de la cadena muntanyosa deixaven passar un feix esbiaixat de raigs, com un doll de llum que es filtra per una porta mig oberta.

Curiós fragment de l'imperi austríac, aquella Transilsània, dita «l'Erdely» en magiar, és a dir, la terra dels boscos. És limitada al nord per Hongria, al sud per la Valàquia, a l'oest per la Moldàvia. S'estén sobre seixanta mil quilòmetres quadrats, és a dir, sis milions d'hectàrees —més o menys la novena part de França—, i és una mena de Suïssa, però dues vegades més vasta que el territori helvètic i amb la mateixa població. Amb els seus altiplans dedicats al conreu, les pastures luxuriants, les valls dibuixades capriciosament, els cims altius, la Transilvània, ratllada per les ramificacions d'origen plutònic dels Càrpats, és solcada per nombrosos cursos d'aigua que van a augmentar el curs del Theiss i del superb Danubi, les Portes de Ferro del qual, unes milles al sud, tanquen el gorg de

(1) Comitat: divisió administrativa d'Hongria.

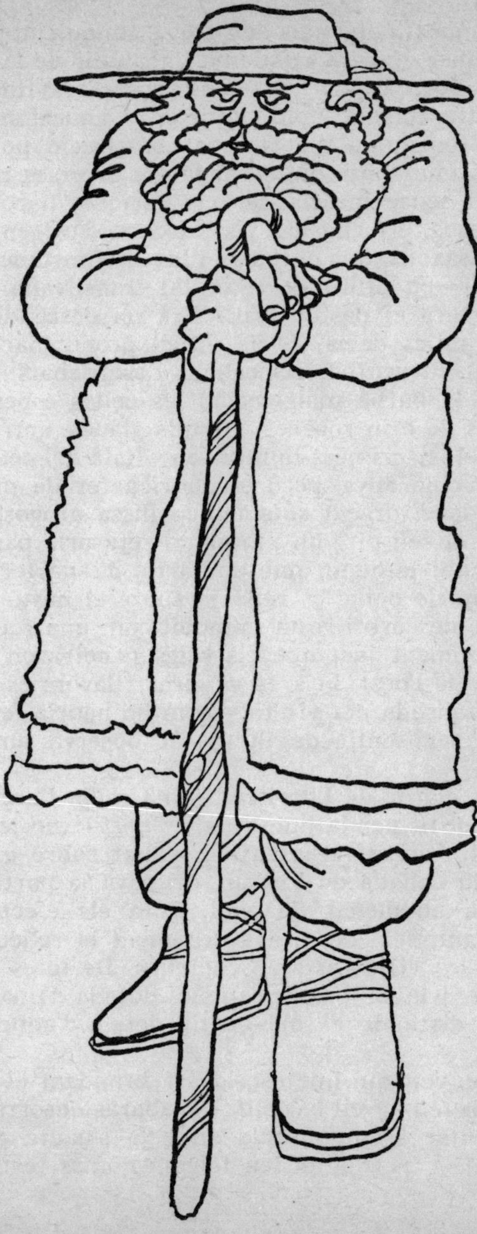

la cadena dels Balcans just a la frontera d'Hongria i l'imperi otomà.

Així és aquest antic país dels dacis, conquistat per Trajà el segle primer de l'era cristiana. Va gaudir de la independència sota Joan Zapoly i els seus successors, fins el 1699, i la va perdre amb Leopold I, que el va annexionar a Àustria. Però, fos quina fos la seva constitució política, ha quedat com una contrada habitada per diverses races, que hi conviuen sense mesclar-se: els valaquis o romanesos, els hongaresos, els zíngars, els szeklers d'origen moldau, i també els saxons, que el temps i les circumstàncies varen «magiaritzar» en profit de la unitat transilvana. ¿A quin tipus s'ajustava el pastor Frik? Era un descendent degenerat dels antics dacis? Seria difícil pronunciar-se sobre aquest punt en veure-li els cabells desordenats, el rostre empastifat, la barba malgirbada, les celles espesses com dos raspalls de crin rogencs, els ulls glaucs, entre el verd i el blau, i els llagrimers humits, envoltats del cercle senil. Té seixanta-cinc anys, però el podríeu fer de menys. És alt, escardalenc, dreçat sota una pellissa grogosa, menys peluda que el seu pit; un pintor no refusaria pas de copsar la seva silueta quan, amb un barret d'esparteria al cap, veritable tap de palla, es repenja sobre el bastó doblegat com un bec de corb i resta immòbil com una roca.

En el moment just que els raigs penetraven a través del trencall de l'oest, Frik es va girar; llavors es va posar la mà mig tancada per visera —com ho hauria fet un missatger per ser sentit de lluny— i observà amb molta atenció.

Entre la claror de l'horitzó, a una milla llarga de distància, empetitit per la llunyania, es perfilaven les formes d'un castell. Aquest antic castell, situat sobre una gropa aïllada de la collada de Vulkan, ocupava la part superior d'un altiplà anomenat d'Orgall. Sota els efectes d'una llum esclatant, se'n destacava cruament el relleu amb la netedat de les vistes estereoscòpiques. De totes maneres, calia que la vista del pastor estigués dotada d'una gran potència per distingir el més petit detall d'aquella mola llunyana.

De sobte, vet-aquí que escridassa brandant el cap:

—Vell castell... vell castell! T'acabaràs ensorrant sobre els fonaments! D'aquí a tres anys ja s'haurà acabat la teva existència, perquè el teu faig ja només té tres branques!

El faig, plantat a l'extrem d'un dels bastions del castell, es destacava, fosc, contra el cel, com un fi retall de paper, i gairebé no era visible per ningú que no fos Frik a aquella distància. Quant a l'explicació de les paraules del pastor, provocades per una llegenda relacionada amb el castell, la donarem en el moment oportú.

—Sí —va repetir—, tres branques... Ahir n'hi havia quatre, però la quarta ha caigut aquesta nit... Només en resta l'ungla... I de branques, ja només en compto tres al forcat... Només tres, vell castell... només tres!

Quan es pren un pastor pel costat ideal, la imaginació en fa fàcilment un ésser somiador i contemplatiu; un ésser que s'entreté amb planetes, parla amb els estels i llegeix en el cel. A la realitat, però, sol ser una persona *toixa* i obtussa. I això no obstant, la credulitat pública li atribueix fàcilment el do d'allò sobrenatural: posseeix maleficis, segons el seu humor conjura els *fats* o els llança contra les persones i els animals —que, en aquest cas, són el mateix—; ven *pòlvores* que fan bé, li compren filtres màgics i fòrmules. ¿És que, fins i tot, no arriba a fer tornar estèrils els camps només llençant-hi pedres encantades, i les cabres *eixorques* només mirant-les de reüll? Aquestes supersticions són de tots els temps i de tots els països. Fins i tot als llocs més civilitzats de la pagesia, ningú no passa pel costat d'un pastor sense dir-li una paraula amistosa, un bon dia significatiu, tot saludant-lo amb el nom de «pastor», del qual n'està ben orgullós. La mà al barret: això permet d'allunyar-se de les influències malignes, i aquest és un gest que, a la Transilvània, no s'estalvia pas més que a altres *contrades*.

Frik era considerat un bruixot, un evocador d'aparicions fantàstiques. Segons alguns, els rats penats i les òlibes l'obeïen; segons uns altres, hom el podia trobar, en les nits fosques del quart minvant, aixancarrat sobre una pala de molí, parlant amb els llops o pensant en les estrelles. Frik deixava dir. En treia profit. Venia encanteris i contra-encanteris. Però cal constatar que ell mateix s'ho creia tant com la seva clientela, i si no creia en els seus propis sortilegis, almenys augmentava la fe en les llegendes que corrien pel país.

Així doncs, no és sorprenent que fes aquell pronòstic relatiu a la propera desaparició del vell castell, en vistes al fet que el faig ja només tenia tres branques, ni que frisés de portar la notícia a Werst.

Després d'haver aplegat el ramat bramant desaforadament amb un corn de llenya blanca, Frik reemprengué el camí de la vila. Els seus gossos el seguien tot fustigant el ramat —eren dos grifons bords, esquerps i ferotges, que semblaven més decidits a devorar els bens que no pas guardar-los—. En el ramat hi havia un centenar de moltons i d'ovelles, entre els quals n'hi havia una dotzena d'anyells i la resta eren animals de tres i quatre anys, és a dir, de quatre i sis dents.

Aquell ramat pertanyia al jutge de Werst, el baró Koltz, el qual apreciava molt el pastor Frik, perquè era molt hàbil esquilant i molt entès en el tractament de malalties, la glossopeda, la hidropesia, els cucs, l'ensopiment, el marriment i altres malalties d'origen pecuari.

El ramat anava en massa compacta, el moltó guia al davant i, al seu costat, l'ovella major, tots dos fent sonar el picarol entre els bens.

En sortir de la pastura, Frik va enfilar per un caminet que vorejava els camps oberts, on onejaven les magnífiques espigues d'un blat alt, ben dret al capdamunt de les tiges i de llarg rostoll; allà s'hi estenien algunes plantacions de «kukurutz», el blat de moro del país. El camí menava a la vora d'un bosc de pins i avets, que feien ombra i fresca. Més avall, el Sil passejava el seu curs lluminós, filtrat pels còdols del fons i sobre el qual suraven les bigues de llenya tallades per les serres de més amunt.

Gossos i bens s'aturaren a la vora dreta del riu i es posaren a beure àvidament, fent bellugar el fullatge de les canyes.

Werst era a tres trets de fusell, a l'altra banda d'una salzeda espessa, formada per arbres de veritat i no per matolls escarransits que només creixen una mica part damunt les arrels. Aquella salzeda s'estenia fins els pendissos del coll de Vulkan, on hi ha un poblet del mateix nom que ocupa un voladís sobre el vessant meridional dels massissos del Plesa.

El camp era desert en aquella hora. Els pagesos no retornen a la llar fins el capaltard, i Frik no havia pogut donar-los el bon dia tradicional durant el camí. Apagada la set del ramat, anava per reprendre el camí entre els plecs de la vall, quan va comparèixer un home en un tombant del riu, a una cinquantena de passes davant ell.

—Ei, amic! —cridà al pastor.

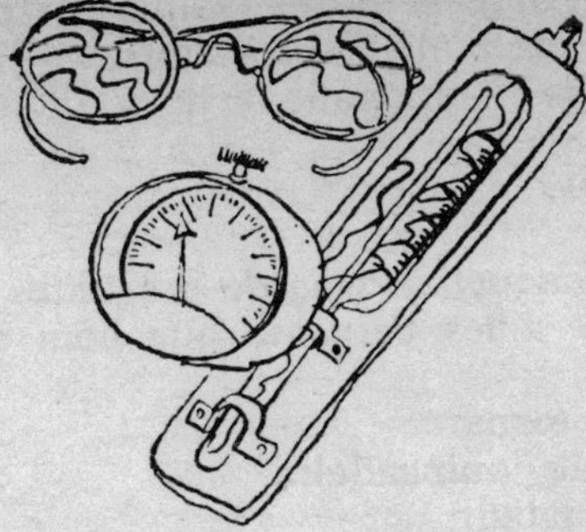

Era un d'aquells firaires que recorren els mercats del comitat. Se'ls troba a les viles, als llogarrets, als més modestos casals. No és cap problema fer-se entendre per ells: parlen totes les llengües. ¿Aquest, era italià, saxó o valaqui? Ningú no ho hauria pogut dir. El cert és que era jueu, jueu polonès, gran, magre, nas arquejat, barba punxeguda, front bombat, ulls molt vius.

Aquell quincallaire venia ulleres, termòmetres, baròmetres i rellotges. Les peces que no duia dins la maleta penjada a l'esquena, li penjaven de la cinta. era una veritable timba ambulant.

Probablement aquell jueu inspirava el mateix respecte, i potser el temor saludable que inspiren els pastors. Va saludar Frik amb la mà. Llavors, amb aquella llengua romanesa formada del llatí i de l'eslau, li va dir amb accent estranger:

—Tot us va com vós voleu, amic?

—Sí... segons el temps —va contestar Frik.

—Així doncs, avui us va bé... fa bon temps.

—I demà m'anirà malament, perquè plourà.

—Plourà —es va sorprendre el quincallaire—. ¿Voleu dir, doncs, que en aquesta contrada hi plou sense núvols?

—Els núvols vindran aquesta nit... d'allà baix... de la banda dolenta de la muntanya.

—I com ho sabeu?

—Per la llana dels bens, que està rígida i seca com el cuiro assaonat.

—Així, digueu que anirà bé pels qui gamben pels camins...

—Anirà millor pels qui quedaran a la porta de ca-seva.

—Per això cal tenir casa, pastor.

—Teniu fills? —preguntà Frik.

—No.

—Sou casat?

—No.

Frik li feia aquella mena de preguntes perquè era costum de fer-les a les persones que hom trobava pels camins.

Llavors va tornar:

—D'on veniu, quincallaire?

—D'Hermanstadt.

Hermanstadt és una de les viles principals de la Transilvània. A la sortida d'aquesta vila hi ha la vall del Sil hongarès, que baixa fins al burg de Petroseny.

—I cap on aneu?

—A Kolosvar.

Per arribar a Kolosvar, n'hi ha prou amb remuntar en direcció a la vall del Maros; llavors, passant per Karlsburg, seguint els primers estreps de les muntanyes de Bihar, s'arriba a la capital del comitat. Un camí d'una vintena de milles (1) com a màxim.

Veritablement, aquests marxants de termòmetres, baròmetres i altres trastos, sempre evoquen la idea d'éssers a part, d'un aire certament de llegenda. És cosa de l'ofici. Venen el temps en tots les seves formes, el temps que s'escola, el temps que fa, el temps que farà, de la mateixa manera que altres venedors venen cistells, jerseis o cotonades. Diríeu que són els viatjants comissionats de la Casa Saturn i Companyia, l'ensenya de la qual és *El Rellotge de Sorra d'Or.* I, sens dubte, aquest va ser l'efecte que li va fer el jueu a Frik. El pastor mirava el marxant tot estranyat, observava aquella exposició d'objectes, nous per a ell, i dels quals no en coneixia l'ús ni el destí.

—Ei, quincallaire —va dir allargant el braç—, ¿per què serveix aquest estri que es belluga a la vostra cinta, com els ossos d'un vell penjat?

—Això, això són coses de valor —va respondre el firaire—, coses útils a tothom.

—A tothom? —va preguntar sorprès Frik parpellejant—. Fins i tot als pastors?

—Fins i tot als pastors.

---

(1) Aprox. 150 quilòmetres. La milla hongaresa equival a 7.500 metres, aprox.

—I aquest mecanisme...?

—Aquest mecanisme —va respondre el jueu brandant un termòmetre a les mans—, us diu si fa calor o si fa fred.

—Apa, amic! Això ja ho sé, jo, quan suo amb la cassaca o quan tremolo sota l'abric.

Evidentment, per a un pastor n'hi havia prou amb això, perquè no es preocupava gaire dels per quès de la ciència.

—I aquesta altra andròmina amb un agulla? —va continuar el pastor apuntant un baròmetre aneroïde.

—No és cap andròmina, és un instrument que us diu si demà farà bo o si plourà...

—De veritat?

—De veritat.

—Aquesta sí que és bona! —exclamà Frik—. No el compraria ni que només valgués un kreutzer. Jo sé el temps que farà amb un dia d'avançada just de mirar els núvols que s'arrosseguen entre les muntanyes o que corrent part damunt els pics més alts. Mireu, veieu aquella boira que surt de terra?... Doncs bé, ja us ho he dit: és aigua per demà.

Realment, el pastor Frik, gran observador del temps, es podia estar ben bé d'un baròmetre.

—I per casualitat, no us faria falta un rellotge? —va seguir el quincallaire.

—Un rellotge?... En tinc un que marxa sol i que es gronxa sobre el meu cap. És el sol d'allà dalt. Mireu, amic meu: quan s'atura a la punta del Rodük és que és migdia, i quan guaita pel forat d'Egelt és que són les sis. Les meves ovelles ho saben tan bé com jo, i els gossos com les ovelles. Ja us la podeu guardar, la vostra quincalla.

—Mira que si tingués pastors per únics clients, n'arribaria a fer de fortuna! ¿I voleu dir que no us cal res de res?...

—Res de res.

Val a dir que tota aquella mercaderia barata era de fabricació molt mediocre: els baròmetres no s'avenien amb les variables, les agulles dels rellotges marcaven unes hores massa llargues o uns minuts massa curts; en fi, una veritable potineria. El pastor no se n'acabava de fiar, no estava gaire decidit a fer de comprador. Tot i això, en el moment d'anar a agafar el bastó, vet-aquí que sacseja una mena de tub penjat als tirants del marxant i diu:

—Què és aquest canó que dueu penjat?

—Aquest canó no és un canó.

—És potser un trabuc?

El pastor entenia per trabuc una mena de pistola antiga amb canó de trompeta.

—No —va dir el jueu—, és una ullera de llarga vista.

Era una ullera comú, que augmenten cinc o sis vegades els objectes, o els acosten tant que fa el mateix efecte.

Frik havia despenjat l'estri, el mirava, el remirava, el girava i el tornava a girar entre les mans, feia lliscar els cilindres l'un sobre l'altre.

Després, brandant el cap, digué:

—Una ullera de llarga vista?

—Sí, pastor, una ullera perfecta que us allarga bellament la vista.

Ah, amic meu, jo tinc uns bons ulls! Quan el temps és clar, puc veure fins les últimes roques del cap del Retyezat, i els darrers arbres al fons dels congosts del Vulkan.

—Sense parpellejar?...

—Sense parpellejar. I això és gràcies a la rosada. Quan dormo tota la nit a la serena. La rosada neteja les ninetes dels ulls.

—Què dieu? La rosada? —va exclamar-se el quincallaire—. Jo diria que la rosada fa tornar cecs.

—No pas als pastors.

—Si ho voleu així... Però si vós teniu bons ulls, jo els tinc millor quan els poso a un extrem de la ullera.

—Això s'hauria de veure.

—Comproveu-ho posant-hi els vostres...

—Jo?...

—Proveu-ho.

—No em fareu pagar res? —preguntà Frik, molt desconfiat de natural.

—No res... a no ser que us decidiu a comprar-me-la.

Tranquil·litzat per aquesta part, Frik va agafar la ullera, els tubs de la qual havien estat ajustats pel quincallaire. El pastor va tancar l'ull esquerre i acostà l'ocular a l'ull dret.

Primer de tot va mirar en direcció al coll del Vulkan i va remuntar la vista vers el Plesa. Fet això, abaixà l'aparell i el va dirigir vers la vila de Werst.

—Ei, ei! —va dir—, i és veritat! Això duu més lluny que els meus ulls... Vet-aquí el carrer major... puc reconèixer la gent... Té, Nick Deck, el guarda forestal, que torna de la seva ronda amb la motxilla a l'esquena i el fusell a l'espatlla...

—No us ho deia jo? —va comentar el quincallaire.

—Sí... sí... està mol bé —va continuar el pastor—. Nic! I qui és la noia que surt de casa del mestre Koltz...? Porta una faldilla vermella i un cosset negre... com si li sortís a camí...

—Mireu bé, pastor, i reconeixereu la noia.

—Ah, sí!... És la Miriota... la bella Miriota!... Ah, els enamorats... els enamorats... Aquesta vegada hauran d'anar amb compte, car jo els tinc a la punta d'aquest tub i no em perdo cap dels seus melindros!

—Bé, què en dieu de la meva màquina?

—Doncs dic que fa veure fins ben lluny!

El fet que Frik no hagués mirat mai abans a través d'una ullera de llarga vista, era degut al fet que Werst es

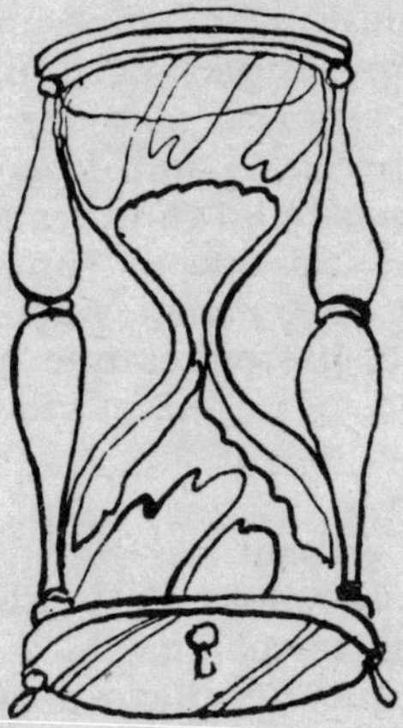

comptava entre els pobles més endarrerits del comitat de Klausenburg, cosa que veurem més endavant.

—Apa, pastor, mireu una mica més... mireu més lluny del poble... West és massa prop... Mireu més lluny... més lluny us dic!

—I no em costarà pas més?

—No, home, no.

—Bé... Miraré per la banda del Sil hongarès... Sí, vetaquí el campanar de Livadzel!... El reconec, amb la creu que li falta un braç... i, més enllà, a la vall, entre els avets, veig el campanar de Petroseny, amb el gall de ferro blanc, amb el bec obert... com si anés a cridar les gallines!...

I allà baix, aquella torre que guaita entre els arbres... deu ser la torre de Petrilla... Però, ara que hi penso, marxant, posat que em costarà el mateix...

—El mateix, pastor.

Frik s'havia girat vers l'altiplà d'Orgall i seguia la cortina de boscos ombrejats sobre els pendents del Plesa... finalment, l'objectiu enquadrà la llunyana silueta del castell.

—Sí —s'exclamà el pastor—, la quarta branca és a terra! Ho havia vist bé... i ningú no l'anirà a collir per ferne una foguera de Sant Joan... No, ningú... ni jo... Seria arriscar el cos i l'ànima... Però no patiu... Hi ha algú que, aquesta nit, la sabrà cremar ben bé al foc de l'infern... En Barrufet!

En Barrufet. Així anomenen el diable la gent de la contrada, quan l'esmenten a les seves converses.

Potser el jueu anava a demanar una explicació d'aquelles paraules incomprensibles per qui no fos de la vila de Werst o dels encontorns, quan Frik exclamà amb una veu on l'esglai es barrejava amb la sorpresa:

—Però, què és aquesta boira que s'escapa de la torre?... És boira?... No!... Diria que és fum... No és possible... Fa anys i panys que les xemeneies del castell no fumegen!

—Si hi veieu fum, pastor, és que hi ha fum.

—No, quincallaire, no!... És el vidre del vostre aparell que s'emboira.

—Eixugueu-lo.

—I quan l'hauré eixugat...

Frik va separar la ullera dels ulls i després d'haver fregat els vidres amb la màniga, hi va tornar a mirar.

Era un fumeral que s'enfilava a la punta de la torre. Pujava dret dins l'aire calmat i es confonia amb la broma alta.

Frik, immòbil, no deia res. Concentrava tota la seva atenció sobre el castell. L'ombra ascendent començava a arribar al nivell de l'altiplà de l'Orgall.

De sobte, va baixar la ullera i, amb la mà a la bossa que portava sota la cassaca, va dir:

—Què val la ullera?

—Un florí i mig —va respondre el quincallaire.

L'home hauria cedit l'aparell per un florí, per poc que Frik hagués regatejat una mica. Però el pastor ni va piular. Visiblement afectat per un esverament tan sobtat com inexplicable, enfonsà la mà dins la bossa i en va treu-

re els diners.

—Compreu la ullera per a vós? —preguntà el quincallaire.

—No... per al meu amo, el jutge Koltz.

—Així, us tornarà...

—Sí... els dos florins que em costa.

—Com? Els dos florins?

—És clar!... Bé, bon viatge, amic!

—Bona nit, pastor.

I Frik, xiulant als gossos, empenyent el ramat, s'enfilà ràpidament cap a Werst.

El jueu el mirava anar-se'n i movia el cap com si hagués fet el tracte amb un foll.

—Si ho hagués sabut —va rondinar—, li hauria venut més cara la ullera!

Llavors, quan va haver ajustat de bell nou tots els objectes a la cintura i a l'esquena, va anar en direcció a Karlsburg, baixant per la banda dreta del Sil.

On anava? No hi fa res. És un caminant de pas, dins aquesta narració. No el tornarem a veure.

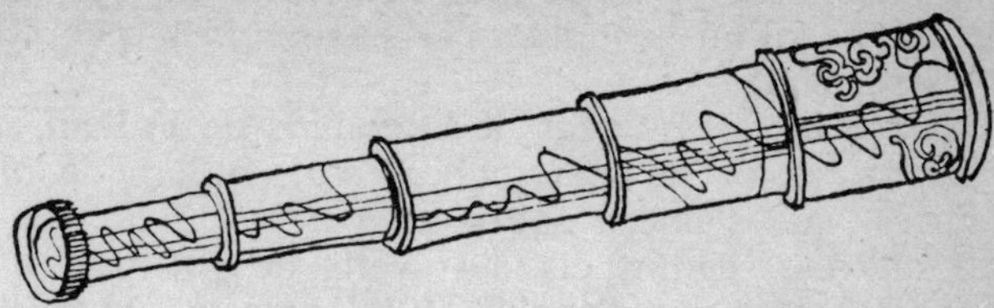

II

Tant si es tracta de roques amuntegades per la natura en èpoques geològiques, després de les darreres convulsions de la terra, com si es tracta de construccions fetes per la mà de l'home, sobre les quals ha passat l'alè del temps, l'aspecte és força semblant quan se les observa des d'una certa distància. La pedra salvatge i la pedra treballada són fàcils de confondre. De lluny estant, és el mateix color, les mateixes formes, les mateixes desviacions de línies en la perspectiva, la mateixa uniformitat de to sota la pàtina grisosa dels segles.

Així passava amb el castell dels Càrpats. Reconèixer-ne les formes imprecises sobre l'altiplà d'Orgall, al qual corona a l'esquerra del coll de Vulkan, no hauria estat possible. No se'n destaca el relleu sobre les muntanyes del darrera. Allò que sembla una torre, potser no és altra cosa que una protuberància rocosa. Qui el mira pot creure que hi veu un bocí de muralla allà on, potser, no hi ha altra cosa que una cresta rocosa. Aquest conjunt és vague, imprecís, incert. Si hem de creure els turistes, el castell dels Càrpats només existeix en la imaginació de la gent del comitat. Evidentment, la manera més senzilla d'assegurar-se'n seria pagar un guia de Vulkan o de Werst, pujar pel congost, arribar a la gropa de la muntanya i visitar el conjunt de construccions. Però resulta que és més difícil de trobar un guia que el camí que mena al castell. En aquesta contrada dels dos Sils, ningú no s'avindria, per cap preu del món, a conduir un viatger al castell dels Càrpats.

Sigui com sigui, vegeu el que es podria descobrir d'aquest antic estatge dins el camp de visió d'una ullera de llarga vista, més potent i més ben centrada que l'instrument de pacotilla comprat pel pastor Frik per compte de mestre Koltz:

A vuit o nou-cents peus de la collada de Vulkan, un encerclament, color de gres, cobert d'un fullam de plantes lapidàries, que s'aixeca sobre un perímetre de nou-cents o mil metres, seguint els desnivells de l'altiplà; a cada extrem, dos bastions d'angle; el de la dreta, sobre el qual creixia el famós faig, encara és coronat per una garita menuda de sostre punxegut. A l'esquerra, alguns panys de paret apuntalats per contraforts foradats, aguanten el campanar d'una capella, la campana del qual, desfermada, es gronxa lliurement durant les borrasques i esglaia la gent del país. Finalment, al bell mig, coronada de merlets, una torre pesant amb tres fileres de finestres mallades de plom, el primer pis de la qual és encerclat per una terrassa circular; sobre la plataforma de merlets, una llarga tija metàl·lica ornada amb la virolla feudal, mena de penell soldat pel rovell i que un buf de galerna havia fixat al sud-est.

Quant al que amagava aquest encerclament, ensorrat per moltes bandes, s'ignorava d'ençà de feia molts anys si hi havia algun edifici habitable a l'interior, si un pont llevadís i una poterna permetien d'entrar-hi. En realitat, malgrat que el castell dels Càrpats hagués estat més ben conservat que no el que semblava, un espant contagiós, a més de la superstició, el protegien no menys del que ho haurien pogut fer el seu basilisc, les seves bombardes, les seves colobrines, les seves catapultes i altres enginys d'artilleria dels segles passats.

I això no obstant, el castell dels Càrpats mereixia ser visitat per turistes i antiquaris. La seva situació, a la cresta de l'altiplà d'Orgall, és excepcionalment bella. De la plataforma superior de la torre, la vista s'estén fins al límit extrem de les muntanyes. Al darrera oneja l'alta carena, que es ramifica amb tant de preciosisme i que marca la frontera de la Valàquia. Al davant hi fa camí el sinuós congost del Vulkan, única via practicable entre les províncies limítrofs. Més enllà de la vall dels dos Sils sorgeixen les viles de Livadzel, Lonyai, Petroseny, Petrilla, agrupades al voltant dels pous que serveixen per a l'explotació d'aquest ric dipòsit huller. I en últim pla hi ha un admirable encavalcament de gropes, plenes d'arbres a la base, verdejants els flancs, àrids els cims, que dominen els pics del Retyezat i del Paring.

Al fons d'aquest embut, altre temps la depressió del sòl formava un llac, en el qual morien els dos Sils abans de trobar pas a través de la cadena de muntanyes. Ara, aquesta depressió és un terreny carbonós, amb els seus inconvenients i els seus avantatges; les altes xemeneies de rajola es mesclen amb el brancatge dels pollancres, els avets i els faigs; els fumerals negrosos embruten l'aire, altre temps saturat de flaire dels arbres fruiters i les flors. No obstant això, a l'època d'aquesta història, per bé que la indústria mantingui aquest districte miner amb mà de ferro, la contrada no ha perdut gens el caràcter salvatge que li va donar la natura.

El castell dels Càrpats data del segle XII o del XIII. En aquell temps, sota la dominació dels voivode, els monestirs, les esglésies, els palaus i els castells es fortificaven amb tanta cura com els llogarrets o les viles. Senyors i vilatans s'havien de protegir de tota mena d'agressions. Aquest estat de coses explica per què l'antiga cortina del castell, els bastions i la torre li donen l'aspecte d'una construcció feudal ben defensada. ¿Quin arquitecte el va edificar sobre aquest altiplà, a aquesta altura? No se sap, i l'audaç artista és desconegut, si no fos que sigui el romanès Manoli, tan gloriosament cantat a les llegendes valaquis, el mateix que va construir el cèlebre castell de Rodolf el Negre a Curté d'Argis. Si bé hi ha dubtes sobre l'arquitecte, no n'hi cap sobre la família que posseïa el castell. Els barons de Gortz eren senyors del país d'ençà

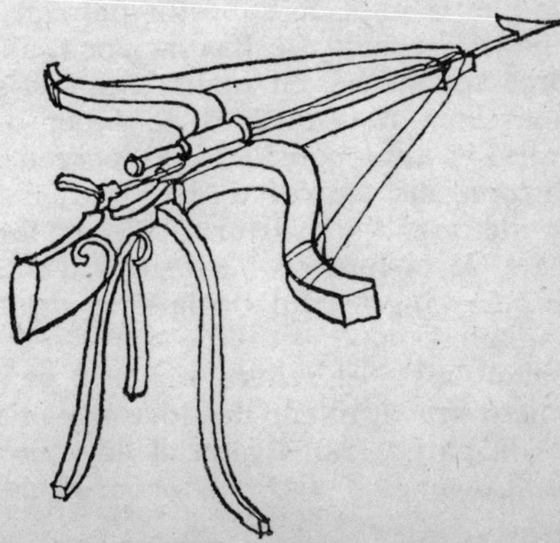

de temps immemorials. S'embrancaren a totes les guerres que ensagnaren les províncies transilvàniques; varen lluitar contra els hongaresos, els saxons, el szeklers; el seu nom figura als romanços i a les contarelles, que és on es perpetua el record d'aquests períodes desgraciats. Tenien per divisa el famós proverbi valaqui: *De pe moarte,* «dóna fins a la mort! », i donaren, vessaren la sang per la causa de la independència, la sang que els venia dels romanesos, els seus avantpassats.

Ja se sap: tants esforços, desvetllaments, sacrificis, no serviren finalment de res. Els descendents d'aquella raça valenta foren reduïts a l'opressió més indigna. És una raça que ja no té existència política, tres talons l'han esclafada. Però no desesperen de trencar el jou, aquests valaquis de la Transilvània. El futur els pertany i repeteixen amb una confiança indefal·lible els mots de *Român no pére!,* «el romanès no morirà», en els quals es concentren totes les seves aspiracions.

Vers la meitat del segle XIX, el darrer representant dels senyors de Gortz era el baró Rodolf. Nat al castell dels Càrpats, havia vist desaparèixer la seva família al seu voltant durant els primers anys de la joventut. Als vint-i-dos anys es trobà sol al món. Tots els seus havien caigut d'any en any com les branques del faig secular, al qual la superstició popular vinculava l'existència del propi castell. Sense parents, es pot dir que sense amics, ¿què faria el baró Rodolf per ocupar els lleures d'aquella monòtona solitud que la mort havia deixat al seu voltant? ¿Quins eren els seus gustos, els seus instints, les seves aptituds? No se li'n sabien gaires, com no fos una passió irresistible per la música, sobretot pel cant dels grans artistes de la seva època. De llavors ençà, abandonà el castell, ja força fet malbé, en mans d'alguns servidors vells, i va desaparèixer. Més tard es va saber que dedicava la seva fortuna, bastant considerable, a recórrer els centres lírics d'Europa, els teatres d'Alemanya, de França, d'Itàlia, en els quals podia satisfer les seves fantasies insaciables d'amant de la música. ¿Era un excèntric, per no dir un maníac? La singularitat de la seva existència ho feien creure.

No obstant això, el record del seu país havia quedat profundament gravat al cor del jove baró de Gortz. No havia oblidat la pàtria transilvana al llarg de les seves peregrinacions llunyanes. I així, va tornar-hi per prendre part en una de les revoltes terribles dels pagesos romanesos contra l'opressió hongaresa.

Els descendents dels antics dacis foren vençuts i el seu territori va ser repartit entre els vencedors.

Va ser després d'aquesta derrota que el baró Rodolf va deixar definitivament el castell dels Càrpats, algunes parts del qual ja queien enrunades. La mort no va tardar gaire a privar al castell dels últims servidors, i va ser totalment abandonat. Quant al baró de Gortz, va córrer la veu que s'havia unit patriòticament al famós Rosza Sandor, un antic bandoler que la guerra de la independència havia convertit en heroi de drama. Afortunadament per a ell, al final de la lluita Rodolf de Gortz es va separar de la banda del comprometedor «betyar». I va fer bé, perquè l'antic bandit, convertit de bell nou en cap de banda de lladres, finalment va caure a mans de la policia i va ser tancat a la presó de Szamos-Uyvar.

No obstant això, la gent del comitat va admetre generalment una versió dels fets: que el baró Rodolf havia mort durant una topada de Rosza Sandor amb el duaners de la frontera. No hi havia res de cert, però el baró de Gortz no havia tornat més al castell d'ençà d'aquella època i la seva mort no va ser posada en dubte per ningú. Però és de prudència no acceptar sense reserves tot el que diu aquesta població tan crèdula.

Castell abandonat, castell encantat, castell quimèric. Les imaginacions descordades i ardents el poblaren ben aviat de fantasmes, d'aparicions i d'esperits que hi tornaven durant la nit. Així passen encara les coses a certs països supersticiosos d'Europa, i la Transilvània és la que guanya a tots els altres.

Per altra banda, ¿com hauria estat possible que la vila de Werst trenqués les seves creences en les coses sobrenaturals? El mestre i el pope, el primer encarregat de l'educació dels infants i el segon, que dirigia la religió dels fidels, ensenyaven aquelles faules i, més encara, se les creien de bona fe. Afirmaven, «amb proves que ho demostraven», que els llops encantats corrien pels camps, que els vampirs bevien sang humana, que els «stafii» rondaven per les ruïnes i es tornaven malèfics si la gent oblidava portar-los; cada nit, beure i menjar. Hi havia fades, les «babes», que calia evitar trobar els dimarts i els divendres, que eren els dos dies pitjors de la setmana. Qui s'aventuraria per les profunditats d'aquells boscos del comitat, on s'amaguen els «balauri», aquests dracs gegantins amb una barramenta tan gran que quan obren la boca els arriba fins als núvols: on els «zmei» d'ales descomunals rapten les noies de sang reial i també les de llinatge més baix, si són boniques! Vet-aquí tots aquests monstres temibles. I quin és el bon geni que la imaginació popular els hi oposa? Doncs ni més ni menys que la «sarpe casei», la serp de la llar, que viu familiarment al fons de la llar de foc i que dóna al vilatà la influència saludable a canvi de la llet millor.

Així doncs, si algun castell havia de servir de refugi als hostes d'aquesta mitologia romanesa, quin millor que el castell dels Càrpats? Sobre un altiplà aïllat, inaccessible de per tot menys per l'esquerra del congost del Vulkan, no hi havia dubte que aixoplugava dracs, fades, vampirs, i fins i tot algunes ànimes en pena de la família dels barons de Gortz. Per això tenia una reputació de mala llei, molt justificada, deien. I ningú no havia gosat mai visitar-lo. Escampava al seu voltant un espant epidèmic, com uns aiguamolls insalubres, escampen gèrmens pestilents. Només acostar-s'hi un quart de milla hauria estat arriscar la vida en aquest món i la salvació en l'altre. Això era el que els infants aprenien a l'escola del mestre Hermod.

Tot això, aquell estat de coses havia d'acabar des del moment en què no quedaria ni una pedra dreta de l'antiga fortalesa dels barons de Gortz. I és aquí on intervé la llegenda.

Segons els notables de Werst, l'existència del castell anava lligada a la del vell faig, el brancatge del qual gesticulava sobre el bastió de l'angle dret de la murada.

D'ençà de la marxa de Rodolf de Gortz, el faig perdia una de les branques mares cada any —cosa que la gent del poble, i en particular el pastor Frik, ja havien observat—. N'hi havia divuit al forcat quan el baró Rodolf va ser vist per darrera vegada a la plataforma de la torre, i ara l'arbre només en tenia tres. Així, cada branca caiguda era un any de menys en l'existència del castell. La caiguda de la darrera seria la desfeta definitiva del castell. I llavors, sobre l'altiplà d'Orgall es buscaria vanament les restes del castell dels Càrpats.

En realitat, aquella era una altra llegenda que naixia fàcilment en les imaginacions romaneses. Primer de tot: ¿era possible que el vell faig s'amputés cada any una branca? La veritat és que no hi havia proves certes de res, per molt que Frik no vacil·lava a assegurar-ho i no perdia l'arbre de vista mentre el seu ramat pasturava per les pastures del Sil. I no obstant això, malgrat que Frik no mereixia gaire confiança, des de l'últim vilatà fins al primer magistrat de Werst, tots creien sense dubtar-ne que el castell no tenia més que tres anys de vida, perquè el faig tutel·lar no tenia més que tres branques.

El pastor anava cap a la vila per dur-hi aquella notícia important quan es va produir l'incident de la ullera de llarga vista.

Gran notícia, molt important! Un fumeral aparegut al sostre de la torre... Frik ha vist clarament amb l'instrument del quincallaire allò que els seus ulls no havien pogut copsar... No es tracta d'un vapor, és un fum que s'acaba confonent amb els núvols... I, això no obstant, el castell està abandonat... Fa molt de temps que ningú no ha franquejat la poterna, que sens dubte està tancada, ni el pont llevadís que, certament, està llevat. Si el castell és habitat, només ho pot ser per éssers sobrenaturals... Però, ¿amb quina intenció deuen haver fet foc els esperits dins un dels apartaments de la torre?... ¿És un foc de foganya o un foc de cuina?... Vet-aquí una cosa veritablement inexplicable.

Frik empenyia els animals cap a l'estable. En sentir-lo, els gossos fustigaven el ramat per la costa, la pols de la qual s'esclafava amb l'humitat del vespre.

Alguns pagesos que s'havien retardat en les feines del camp el saludaven en veure'l passar i el pastor gairebé no els contestava, la qual cosa els inquietava perquè, si volien evitar els maleficis, no n'hi havia prou amb saludar el pastor, calia que el pastor els contestés. Però Frik avui no semblava gaire decidit a fer-ho, els ulls esquerps, l'actitud estranya i els gestos desmenjats. No hauria estat més desfet si els llops i els ossos li haguessin robat la meitat del ramat. Quina mala notícia portava?

El primer del poble que el va veure fou el jutge Koltz. De lluny, Frik li cridà:

—Hi ha foc al castell, l'amo!

—Què dius, Frik?

—Dic el que és.

—Que t'has tornat boig?

Efectivament, ¿com era possible que es calés foc a un munt de pedres? Era tant com admetre que el Negoï, el cim més alt dels Càrpats, era devorat per les flames. Era absurd.

—Vols dir, Frik, que el castell s'encén?...

—Si no s'encén, al menys fumeja...

—Deu ser boira...

—No, és una fumera... Veniu i ho veureu.

I tots dos es dirigiren al bell mig del carrer major de la vila, a un mirador que dominava els barrancs del congost, des del qual es distingia el castell.

Un cop allí, Frik va donar la ullera al jutge Koltz.

Evidentment, la utilitat d'aquell instrument li era tan desconeguda com al seu pastor.

—Què és això? —va preguntar.

—Una màquina que us he comprat per dos florins, l'amo, i que ben bé en val quatre!

—A qui l'has comprada?

—A un quincallaire.

—I per què serveix?

—Mireu per aquest vidre cap al castell, mireu i ho veureu, perquè serveix.

El jutge va dirigir la ullera vers el castell i l'examinà molt de temps. Sí! Era una fumera que sortia per una de les xemeneies de la torre. En aquell moment, empès per la brisa, el fum s'enfilava pel flanc de la muntanya.

—Una fumera! —repetí el jutge Koltz astorat.

Mentrestant, se'ls havien acostat Miriota i el guarda Nick Deck, que havien arribat a casa feia uns minuts.

—Per a què serveix, això? —demanà el jove agafant la ullera.

—Per veure-hi lluny —va respondre el pastor.

—Esteu de broma, Frik?

—Ho dic tan seriosament com que fa una hora us he pogut reconèixer quan baixàveu cap a Werst... i a vós també...

No va acabar la frase. Miriota s'havia posat tota vermella i havia acalat els ulls. De fet, però, no està prohibit que una noia honesta surti a l'encontre del seu promès.

Els dos joves, un després de l'altre, agafaren la famosa ullera i miraren cap al castell.

Mentrestant, una mitja dotzena de veïns havien arribat a la terrassa i, en assabentar-se del fet, miraren un a un amb la ullera.

—Una fumera! Una fumera al castell! —va dir un.

—Potser hi ha pegat un llamp, a la torre... —va observar un altre.

—Que hem tingut tempesta, potser? —va preguntar mestre Koltz, adreçant-se a Frik.

—Ni un llamp de vuit dies ençà —va contestar el pastor.

Aquella bona gent no hauria estat més torbada si els haguessin dit que s'havia obert un volcà al cim del Retyezat, per deixar pas als vapors subterranis.

III

La vila de Werst té tan poca importància que la majoria de mapes no n'indiquen la situació. Pel cantó de l'administració, està per sota de la vila veïna anomenada Vulkan, que pren el nom de la porció d'aquest massís de Plesa, i sobre el qual hi estan encimbellades les dues.

A hores d'ara, l'explotació de les mines ha donat un considerable moviment de negocis als llogarrets de Petroseny, de Livadzel i d'altres, unes quantes milles lluny. Ni Vulkan ni Werst no han recollit cap avantatge de la proximitat d'un gran centre industrial. Aquestes dues viles són igual com eren fa cinquanta anys, i segurament continuaran igual d'aquí a cinquanta anys més; i, segons Élisée Reclus, més de la meitat de la població es compon «d'empleats encarregats de vigilar la frontera, duaners, gendarmes, recaptadors d'impostos i infermeres de la quarantena». Suprimiu els gendarmes i els recaptadors d'impostos, afegiu-hi una proporció més alta de pagesos, i tindreu la població de Werst, que compta amb quatre o cinc-cents habitants.

És un carrer, aquesta vila, només un carrer llarg amb brusques pujades i baixades que el fan de difícil circulació. Serveix de camí natural entre la frontera valàquia i la frontera transilvana. Per allí hi passen els ramats de bous, de bens i de porcs, els marxants de carn fresca, de fruites i de llegums, i els pocs viatgers que s'aventuren pel congost en lloc d'agafar el tren de Kolosvar i de la vall del Maros.

És cert, la natura ha dotat generosament la conca que es forma entre els monts de Bihar, el Retyezat i el Paring.

Rica per la fertilitat del sòl, aquesta terra també té les entranyes farcides de fortuna: mines de sal gemma a Thorda, amb un rendiment anyal de més de vint mil tones; el mont Parajd, que fa set quilòmetres de circumferència al cim i que està format únicament de clorur de sodi; les mines de Torotzko, que produeixen plom, galena, mercuri, i sobretot ferro, i que els jaciments són explotats d'ençà del segle x; les mines de Vayda Hunyard i els seus minerals, que es converteixen en acer de qualitat superior; mines de carbó, fàcilment explotables en els primers estrats de les valls lacustres del districte d'Hatszeg, a Livadzel, a Petroseny, basta butxaca que conté, segons estimacions aproximades, dos-cents cinquanta milions de tones; en fi, mines d'or a la vila d'Offenbanya, a Topanfalva, la regió dels cercadors d'or, on milers de molins d'utillatge molt senzill treballen la sorra del riu Verès-Patak, «el Pactol transilvà», i exporten cada any quantitats del metall preciós per valor de dos milions de francs.

Doncs bé, aquesta contrada tan afavorida per la natura dóna una riquesa que no aprofita gaire als seus habitants. Sigui com sigui, els centres més importants, Torotzko, Petroseny i Lonyai posseeixen algunes instal·lacions comfortables de la indústria moderna; aquests llogarrets tenen construccions regulars, sotmeses a la uniformitat de l'esquadra i la plomada, hangars, magatzems, veritables ciutats obreres; hi podeu veure algunes cases amb balcons i terrasses. Però tot això no ho busqueu ni a la vila de Vulkan i a la de Werst.

La vila de Werst té una seixantena de cases ben comptades, arrupides a banda i banda d'un únic carrer, amb uns teulats capriciosos que desborden les parets de pissarra. Aquestes cases tenen la façana de cara al jardí i per vivenda un graner enfilat; un annex que és un graner desballestat, un estable tort cobert de palla i uns quants pous amb corriola, una corda i una galleda de fusta; dos o tres basses que «fugen» quan hi ha oratge, i uns quants rierols que segueixen el curs de les roderes dels carros. Aquesta és la vila de Werst, construïda entre els pendents del congost. Però tot aquest panorama és fresc i encisador: hi ha flors a les portes i a les finestres, cortines de verdesca tapissen les muralles, heures que es barregen amb el rostoll color or vell; pollancres, oms, faigs, avets, erables que s'enfilen per damunt les cases tant com poden. Més enllà, l'escalonament dels turons intermediaris

de la serralada i, en últim terme, el cim altíssim de les muntanyes, blavoses per la distància i confoses amb el blau del cel.

A Werst no parlen ni l'alemany ni l'hongarès. Tampoc no el parlen a tota la Transilvània, perquè parlen el romanès, i el parlen fins i tot algunes famílies zíngares, establertes definitivament als diversos pobles del comitat. Aquests forasters agafen la llengua del país i la religió. Els de Werst formen una mena de clan sota l'autoritat d'un voivoda, amb les seves cabanes, les «barakas» de teulat punxegut, les seves legions de criatures. Són uns gitanos ben diferents, pels costums i la regularitat de la seva existència, als dels seus semblants que volten per la resta d'Europa. Aquests zíngars segueixen el ritus grec, s'adapten a la religió dels cristians entre els quals s'han instal·lat. En efecte, Werst té per cap religiós un pope, que resideix a Vulkan, el qual s'ocupa dels dos poblets separats només per mitja milla de distància.

La civilització és com l'aire o l'aigua. Per tot allà on veu obert un passatge —encara que només sigui una escletxa—, hi penetra i modifica les condicions d'una contrada. Però cal reconèixer que encara no s'havia produït cap fissura a través d'aquesta porció meridional dels Càrpats. Élisée Reclus va dir que Vulkan «era el darrer lloc de la civilització dins la vall del Sil valaqui»; no és sorprenent, doncs, que Werst sigui un dels pobles endarrerits del comitat de Kolosvar. ¿I com podria ser altrament si la gent hi neix, hi creix i hi mor sense haver-ne sortit mai?

Però, això no obstant, podreu dir, a Werst hi ha un jutge i un mestre d'escola. Sí, és veritat. Però el mestre Hermod només és capaç d'ensenyar les coses que sap, és a dir, llegir una mica, escriure una mica, comptar una mica. La seva instrucció personal no va més enllà. En qüestió de ciència, d'història, de literatura, només coneix els cants populars i les llegendes dels voltants. Sobre aquests temes té una memòria rarament fecunda. Està molt fort en matèria de fantasia i els pocs escolars de la vila treuen un gran profit de les seves lliçons.

Pel que fa al jutge, cal que ens entenguem sobre aquesta qualificació donada al primer magistrat de Werst.

Mestre Koltz era un homenet de cinquanta-cinc o seixanta anys, d'origen romanès; tenia els cabells llisos i grisencs, el bigoti encara negre, els ulls més dolços que vius. De complexió sòlida com un muntanyenc, portava un barret de feltre, un cinturó de sivella historiada, un guardapits, calces curtes i amb bufes, travades per unes altes botes de cuir. Era més aviat batlle que jutge, per bé que les seves funcions l'obligaven sovint a intervenir en les nombroses dificultats que es presentaven entre veïns. Però sobretot s'ocupava d'administrar autoritàriament el seu poble, la qual cosa li proporcionava algún bon pessic per a la seva bossa. Efectivament, tots els negocis, compres o vendes, tenien un impost per al seu profit; i ja no parlem de la taxa de peatge que els estrangers, turistes o traficants, li havien de pagar.

Aquesta situació lucrativa li havia donat un cert benestar. La majoria dels vilatans del comitat es veien rosegats per la usura, que ben aviat farà que els usurers jueus es converteixin en els veritables propietaris de la terra. Però mestre Koltz havia pogut escapar a la rapacitat dels jueus. Els seus béns eren lliures d'hipoteques; no devia res a ningú. Més que demanar hauria pogut deixar, i certament ho hauria fet sense ofegar la pobra gent. Era propietari de diversos prats, de bona herba per als ramats; conreus ben treballats tot i que no li agradaven gens els nous mètodes

de cultiu; unes vinyes que el tenien tot orgullós quan es passejava entre els ceps carregats de raïms. La collita de les vinyes era venuda a bon preu, i només se'n quedava una notable proporció per al seu consum particular.

No cal dir que la casa de mestre Koltz és la més bonica de la vila. Està situada a l'angle de la terrassa que travessa la costa principal. És una casa de pedra, evidentment envoltada de jardí, i la porta d'entrada està situada entre la tercera i la quarta finestra. Plantes verdes segueixen tota la canal del teulat i pengen per la paret, i dos grans faigs les branques dels quals pengen fins al terra cobert de flors. A la part de darrera, un hortet amb plantes en filera, arbres fruiters que creixen pel pendent de la collada. A dins la casa, belles cambres ben netes, el menjador i els dormitoris, amb mobles pintats, taules, llits, bancs i tamborets; aparadors on llueixen vasos i plats, les bigues falses del sostre, d'on pengen els llums adornats de cintes i els tapissos de colors vius; hi ha, a més, cofres pesants coberts d'estores i tapets i que serveixen de baguls i armaris. A les parets, els retrats de colors violents dels patriotes romanesos, entre d'altres, el popular heroi del segle XV, el voivoda Vayda-Hunyad.

És una bella casa, massa gran per un home sol. Però no estava sol, mestre Koltz. Feia una desena d'anys que havia quedat vidu, però tenia una filla, la bella Miriota, molt admirada de Werst a Vulkan, i fins i tot més lluny. S'hauria pogut anomenar Florica, Daïna o Dauritia, un d'aquests noms pagans tan estranys que són l'honor de les famílies valaquis. Però no!, es deia Miriota, és a dir, «ovelleta». I l'ovelleta havia crescut. Ara era una noia encisadora de vint anys, rossa, amb els ulls foscos, mirada dolça, trets ben formats i agradables. Resultaba veritablement seductora amb la seva camisa brodada en vermell al coll i als punys, la faldilla aguantada per una cinta de sivella de plata, el seu davantal doble de ratlles blaves i grogues, les botetes de cuir groc, un mocador lleuger al cap, els cabells flotants i una trena agafada amb cinta o una peça de metall. Sí, una noia molt bonica era Miriota Koltz i —cosa que mai no fa mal— rica per a aquest poblet perdut al fons dels Càrpats. ¿Bona mestressa de la casa?... Sens dubte, perquè és ella qui té cura de la casa del seu pare. Instruïda?... I és clar que sí! A l'escola del mestre Hermod va aprendre a llegir, a escriure i a comptar; i llegeix, escriu i compta correctament, però no va més enllà. Per contra, guanya a qualsevol en qüestió de faules i sagues transilvanes. D'això en sap tant com el seu mestre. Sap la llegenda de Leany-kö, el Roquissar de la Verge, on una princeseta una mica fantàstica va escapar de les persecucions dels tàrtars; sap la llegenda de la cova del drac, a la vall de la «Pujada del Rei»; sap la llegenda de la fortalesa de Deva, que va ser construïda en temps de les fades; sap la llegenda de la Detunata, la cèlebre muntanya «batuda pel tro», basàltica, semblant a un violí de pedra gegantí, on el diable hi toca durant les nits de tempesta; sap la llegenda del Retyezat, amb el seu cim arrasat per una bruixa; sap la llegenda del congost de Thorda, format per un fort cop d'espasa de Sant Ladislau. Hem de confessar que Miriota afegia de la seva collita a totes aquestes ficcions, però per això no deixava de ser una noia amable i encisadora.

Molts xicots del país la trobaven del seu grat, fins i tot sense adonar-se que era la pubilla de mestre Koltz, el primer magistrat de Werst. Però era inútil festejar-la. ¿Què no estava ja promesa a Nicolau Deck? Era un bell tipus de romanès, aquest Nicolau, o millor Nic Deck: vint-i-cinc anys, alt, complexió vigorosa, cap orgullós, cabells negres coberts amb el kolpak blanc, mirada franca, actitud desimbolta sota la jaqueta de pell d'anyell brodada a les costures, ben dreçat sobre les cames primes, cames de cèrvol, i un aire de decisió en la seva manera de caminar i en els gestos. Era guarda forestal. és a dir, mig militar i mig civil. Com que tenia alguns conreus als voltants de Werst, agradava al pare, i com que era un noi amable i ben plantat, no desagradava a la filla, la qual ningú no li disputava ni tan sols gosava mirar de lluny. A més, ningú ni hi somiava, en la pubilla.

El casament de Nic Deck i Miriota Koltz s'havia de celebrar vers la meitat del mes proper. Encara faltaven quinze dies. Per a aquesta ocasió, tota la vila estaria de festa. Mestre Koltz faria les coses com pertoca, car no era gens avar. Li agradava guanyar diners, però no es negava a gastar-los quan arribava l'ocasió. Un cop acabada la cerimònia, Nick Deck triaria la cambra que més li agradés de la casa de família que havia d'heretar del jutge, i quan Miriota el sabria prop d'ella potser ja no tindria por en sentir una porta que grinyolava o un moble que cruixia durant les nits llargues de l'hivern, ni esperaria veure aparèixer algun fantasma escapat de les seves llegendes.

Per completar la llista dels notables de Werst, cal esmentar-ne dos més, tan importants com els altres: el mestre i el metge.

El mestre Hermod era un home gran, de cinquanta-cinc anys; portava ulleres i de la seva boca sempre hi penjava una pipa de cassoleta de porcellana; tenia pocs cabells, sempre esboriflats, i el crani aplanat; el rostre sense pèl i un tic a la galta esquerra. La seva feina principal consistia a preparar plomes per als seus alumnes, als quals havia prohibit d'utilitzar, per principis, plomes de metall. I es passava hores aprimant les puntes amb el vell ganivet ben esmolat. Amb quina precisió, amb els ulls mig clucs, pegava el cop final per tallar-ne la punta! Primer de tot, una bona lletra, i tots els seus esforços els dedicava a aconseguir-ho. La instrucció era cosa secundària, i ja sabem què ensenyava el mestre Hermod, què aprenien les generacions de noiets i noietes asseguts als bancs de l'escola!

I ara és el torn del metge Patak.

Però, ¿hi havia metge a Werst i el poble encara creia en coses sobrenaturals?

Sí, però cal entendre que el títol que tenia el metge Patak era de la mateixa mena que el que tenia el jutge Koltz.

Patak era un home petit, de ventre prominent, rodanxó, de quaranta-cinc anys. Realitzava amb molta ostentació el seu ofici, tant a Werst com als voltants. Amb la seva fatxenderia imperturbable i la seva xerrera atabaladora, inspirava tanta confiança com el pastor Frik —que no és poca cosa—. Venia receptes i drogues, però eren tan inofensives que no empitjoraven els mals dels seus clients, els quals s'haurien guarit tots sols. Per altra banda, la collada de Vulkan és una bona terra: l'aire és de primera qualitat, les malalties epidèmiques hi són desconegudes i si la gent hi mor és perquè li ha arribat l'hora. A aquest racó privilegiat de la Transilvània també cal morir. Quant al doctor Patak —sí, li deien doctor!—, per bé que era acceptat com a tal, no tenia cap instrucció en la matèria, ni en medicina, ni en farmàcia ni en res. Era senzillament un antic infermer de la quarantena, el paper del qual consistia a vigilar els viatgers retinguts a la frontera per a la patent de salut. Res més. Però a la població poc exigent de Werst els semblava prou. Cal afegir —cosa que no és gens sorprenent— que el doctor Patak era un home d'es-

perit fort, com cal a qualsevol que s'ocupi de tenir cura dels seus semblants. A més, no admetia cap de les superstticions que corrien per la regió dels Càrpats, ni tan sols les que feien referència al castell. Se'n reia, se'n burlava. I quan deien davant d'ell que ningú no havia gosat acostar-se al castell des de temps immemorials, ell contestava:

—A veure qui em desafiarà a fer una visita al vostre vell casino!

Però com que ningú no el desafiava, i prou que se'n guardava la gent, el doctor Patak no hi havia anat pas, la qual cosa ajudava encara més que el castell dels Càrpats estigués sempre envoltat d'un misteri impenetrable.

IV

En pocs minuts la nova que havia portat el pastor es va escampar per tot el poble. Mestre Koltz, amb la preciosa ullera a la mà, acabava d'entrar a casa seva amb Nic Deck i Miriota al darrera. En aquell moment, a la terrassa només hi quedava el pastor, voltat d'una vintena d'homes, dones i nens, als quals s'hi havien afegit alguns zíngars, que no estaven pas menys emocionats que la resta de la població de Wertz. Voltaven a Frik, l'atabalaven de preguntes, i el pastor responia amb la superba importància d'un home que acaba de veure quelcom realment extraordinari.

—Sí —repetia—, el castell fumava, encara fuma, i fumarà mentre quedi una pedra dempeus!

—Però, qui ha pogut encendre el foc? —demanà una velleta amb les mans juntes.

—En Barrufet —va respondre Frik—. Vet-aquí un personatge que sap més d'encendre focs que d'apagar-ne!

I tothom intentava veure la fumera sobre la punta de la torre. Finalment, la majoria dels presents afirmaren que veien perfectament la fumera, per bé que a aquella distància era completament invisible.

L'efecte produït per aquest fenomen singular va depassar tot el que hom pugui imaginar. Cal insistir sobre aquest punt. Que el lector es posi en una disposició d'esperit idèntica a la dels habitants de Werst i no se sorprendrà dels fets que més tard seran contats. No li demano pas al lector que cregui en coses sobrenaturals, però sí que tingui sempre present que aquella gent ignorant hi creia sense reserves. A la desconfiança que inspirava el castell dels Càrpats quan tothom creia que estava desert, ara calia afegir-hi l'espant que inspirava la creença que estava habitat, i habitat per quins éssers, Senyor!

A Werst hi havia un lloc de reunió freqüentat pels bevedors del poble i per la gent que, encara que no li agradés beure, volien xerrar de les seves coses després d'un dia de feina. Val a dir que d'aquests últims n'hi anaven pocs. Aquest local, obert a tothom, era el principal, millor dit, l'únic hostal del poble.

Qui era el propietari de l'hostal? Un jueu dit Jonàs, home trempat, d'una seixantena d'anys, de fesomia atractiva però ben semítica, amb els ulls negres, el nas corbat, els llavis molsuts, els cabells llisos i el barbó tradicional. Obsequiós i atent, deixava fàcilment petites sumes a un i a altre, sense demanar gaires garanties ni posar interessos massa alts, però això últim només en el cas que li tornessin el prèstec en la data fixada. Tant de bo que tots els jueus establerts a Transilvània fossin sempre tan bons de conformar com l'hostaler de Werst!

Per desgràcia, aquell excel·lent Jonàs era una excepció. Els seus correligionaris en el culte, confrares en la professió —car tots són hostalers o adroguers— practiquen l'ofici de prestadors amb una rigidesa inquietant per al futur del vilatà romanès. A poc a poc passaran la terra de les mans de la gent del país a les mans d'estrangers. Si no se'ls tornen els prèstecs els jueus es convertiran en propietaris dels bells conreus hipotecats al seu profit, i si la terra promesa ja no és Judea, potser algun dia, en el futur, figurarà sobre els mapes de la geografia transilvana.

L'hostal del Rei Macià —així s'anomenava— ocupava un dels angles de la terrassa que creua el carrer major de Werst, davant per davant de la casa del jutge. Era un edifici vell, la meitat de pedra i l'altra meitat de fusta, apedaçat per moltes bandes però cobert de verdor i de bona aparença. Era d'una sola planta, amb una vidriera que donava accès a la terrassa. A l'interior, hi havia una gran sala plena de taules i de tamborets, amb un aparador d'alzina tot corcat on brillaven els plats, els gots i les ampolles, i amb un taulell de fusta renegrida, darrera el qual Jonàs atenia la clientela.

Vegeu ara com rebia la llum aquesta sala: dues finestres foradaven la façana, que donava a la terrassa, i dues finestres més guaitaven a l'altra banda des de la paret del fons. D'aquestes dues darreres, una estava coberta per una cortina espessa de plantes grimpadores o penjants que l'obstruïen per la banda de fora i no deixava passar gairebé gens de claror. L'altra permetia una mirada meravellosa sobre tota la vall inferior del Vulkan. Alguns peus per sota l'ampit de la finestra lliscaven les aigües tumultuoses del torrent de Nyad. Per una banda, aquest torrent baixava pels pendents del congost, després d'haver passat per les altures de l'altiplà, coronat per les parets del castell; per l'altre, sovint entretingut pels corriols de la muntanya, fins i tot durant l'estiu, davallava rondinant cap al llit del Sil valaqui, que l'absorbia al seu pas.

A la dreta, aferrades a la sala gran, una mitja dotzena de cambretes eren suficients per allotjar els pocs viatgers que, abans de creuar la frontera, volien descansar en el *Rei Macià*. Tenien la seguretat d'una bona acollida, d'uns preus moderats i d'un hostaler atent i servicial, que sempre tenia bon tabac que anava a cercar als millors «trafiks» dels encontorns. I Jonàs tenia per dormitori una habitació estreta amb una claraboia entregirada que foradava el teulat inclinat de palla i donava a la terrassa.

Va ser en aquest hostal on, la nit mateixa d'aquell 29 de maig, hi va haver reunió entre els importants de Werst: mestre Koltz, Hermod, el guarda forestal Nic Deck, una dotzena dels principals habitants del poble, i també el pastor Frik, que no era el menys important. El doctor Patak hi faltava a aquesta reunió de notables. Sol·licitat urgentment per un dels seus vells clients que l'esperava per passar a l'altre món, s'havia compromès a assistir-hi quan la seva presència ja no fos necessària al difunt.

Tot esperant l'antic infermer, es parlava del greu esdeveniment del dia, però no per això deixaven de menjar i beure. Jonàs oferia als presents aquella mena de pastís de blat de moro, conegut amb el nom de «mamaliga», que no és dolent quan se'l mulla amb llet fresca. També oferia vasets de licors forts, que els romanesos engoleixen com si fos aigua clara: l'alcohol de «Schnaps», molt barat, i especialment «rakiu», violent aiguardent de prunes, molt consumit al país dels Càrpats.

Cal dir que l'hostaler Jonàs només servia als entaulats, perquè havia observat que les persones assegudes a taula bevien i menjaven més que no pas les que estaven a peu dret. Aquell vespre semblava que faria un bon negoci: tots els tamborets estaven ocupats i els clients se'ls disputaven. Jonàs anava de taula en taula amb el gerro a la mà i omplia els vasos que es buidaven a cor què vols.

Eren dos quarts de nou del vespre. Es xerrava des que havia començat a fer fosca sense arribar a posar-se d'acord sobre el que calia fer. En una cosa, però, sí que estaven d'acord aquelles persones: que si el castell dels Càrpats era habitat per desconeguts, allò resultava tan perillós per a la vila com un polvorí dreçat entre les cases.

—És molt greu! —deia mestre Koltz.

—Molt greu! —repetia Hermod entre pipades.

—Molt greu! —repetien els altres presents.

—El cert és que —va dir Jonàs— la mala reputació del castell ja era una bona desgràcia pel país...

—I ara encara serà pitjor —s'exclamà Hermod.

—Els estrangers gairebé no venien a Werst... —va dir mestre Koltz sospirant.

—I ara no vindran gens ni mica —va afegir Jonàs també amb un sospir.

—Molts habitants ja pensen a anar-se'n! —va observar un dels bevedors.

—Jo seré el primer —va respondre un pagès dels voltants—. Quan hagi venut les vinyes marxaré...

—Però no trobareu compradors, amic meu —va riure l'hostaler.

Ja es veu quin era el tema de la conversa dels notables del poble. A través dels terrors personals que els causava el castell dels Càrpats, sorgia el sentiment pels seus interessos que haurien de perdre. Si no hi passaven, viatgers, la renda de l'hostal se'n ressentiria. Si no passaven estrangers, mestre Koltz deixaria de percebre'n el peatge, la xifra del qual cada vegada baixava més. Si no hi havia compradors per les terres del congost de Vulkan, els propietaris no les podrien vendre, ni que fos a preu ínfim. Això durava des de feia anys, i aquella situació, ja molt lamentable, amenaçava d'empitjorar.

Efectivament, si ja passava això quan els esperits del castell estaven tranquils fins al punt de no haver-se deixat veure mai, ¿que no passaria ara si manifestaven la seva presència amb actes materials?

El pastor Frik es va sentir obligat de dir, per bé que amb veu dubtosa:

—Potser caldria...

—Què? —preguntà mestre Koltz.

—Pujar-hi a veure que hi ha, l'amo.

Tots es varen mirar, llavors baixaren els ulls i la proposta de Frik no va rebre resposta.

Va ser Jonàs qui, adreçant-se a mestre Koltz, va reprendre la paraula:

—El vostre pastor acaba de dir l'única cosa que podem fer —va dir amb veu ferma.

—Anar al castell...

—Sí, amics meus —va respondre l'hostaler—. Si hi ha un fumeral a la xemeneia de la torre és que hi ha foc, i si hi ha foc és que una mà l'ha encès...

—Una mà... com no sigui una urpa! —va exclamar el vell pagès sacsejant el cap.

—Mà o urpa —va dir l'hostaler— què hi fa! Cal saber què significa tot això. Es la primera vegada que hi ha fum a les xemeneies del castell d'ençà que el baró Rodolf de Gortz el va abandonar...

—Però és possible que ja hi hagués fum abans i que ningú no se n'hagués adonat —va suggerir mestre Koltz.

—Això sí que no ho admetré mai! —va cridar Hermod.

—Doncs jo crec que és molt admissible —va fer observar el jutge—, perquè fins avui no teníem cap ullera de llarga vista per saber amb certesa el que passava al castell.

Era cert el que deia. Podia ser que el fenomen es produís de feia temps i que ni el pastor Frik ho hagués sabut veure per molt bona que tingués la vista.

Sigui com sigui, fos o no fos recent el fenomen, era indubtable que éssers humans ocupaven actualment el castell dels Càrpats. I aquest fet significava tenir uns veïns molt inquietants per als habitants de Vulkan i de Werst.

El mestre Hermod va voler posar aquesta objecció per donar suport a les seves creences:

—Éssers humans, amics meus?... Permeteu-me que ho dubti. ¿Per què uns éssers humans haurien tingut la pensada de refugiar-se al castell, amb quina intenció, i com hi podrien haver arribat?...

—Doncs, què voleu que siguin els intrussos? —cridà mestre Koltz.

—Éssers sobrenaturals —va contestar Hermod amb una veu que imposava—. ¿Per què no poden ser esperits, fades, gnoms, o fins i tot monstres perillosos que es presenten en forma de dones bellíssimes?...

Durant aquesta enumeració, tots els esguards s'havien dirigit cap a la porta, cap a les finestres, cap a la xemeneia de la sala gran del Rei Macià. I cadascú es preguntava si no apareixerien alguns d'aquells fantasmes, evocats un darrera l'altre pel mestre d'escola.

—Ben mirat, amics meus —va gosar dir Jonàs—, si aquests éssers són sobrenaturals, no m'explico pas per què han encès foc, ja que no els cal cuinar...

—I les bruixeries...? —va respondre el pastor—. ¿Oblideu que cal foc per fer bruixeries?

—Evidentment! —va afegir el mestre amb un to que no admetia rèplica.

Aquesta explicació va ser acceptada sense contestació i, sens dubte, ja tothom estava convençut que es tractava d'éssers sobrenaturals i no d'éssers humans, els qui havien triat el castell dels Càrpats com a teatre de les seves malifetes.

Fins ara Nic Deck no havia pres part en la conversa. El guarda forestal es limitava a escoltar atentament el que uns i altres deien. El vell castell, amb les seves muralles misterioses, l'origen antic, l'aire feudal, sempre li havia inspirat tanta curiositat com respecte. Fins i tot, com que era molt valent, per bé que era tan crèdul com qualsevol habitant de Werst, més d'una vegada havia manifestat les seves ganes d'afranquir el recinte.

Miriota li havia fet treure del cap aquell projecte tan aventurós. Que tingués aquelles idees quan era lliure d'actuar al seu aire, passi! Però un promès ja no es pertany a ell mateix, i gosar emprendre una tal aventura hauria estat de foll o d'indiferent. I no obstant això, malgrat les seves súpliques, la noia sempre temia que ell portés a terme el seu projecte. La tranquil·litzava el fet que Nic Deck no havia declarat mai en públic que aniria al castell, perquè d'haver-ho fet ningú del món no li podria impedir d'anar-hi, ni ella. Miriota ho sabia. Era un xicot tenaç i resolt, que mai no es feia enrera quan havia donat la paraula. Dit i fet. I ara Miriota s'hauria desesperat si arriba a sospitar els pensaments del xicot en aquells moments.

Això no obstant, com que Nic Deck continuava en silenci, tothom va creure que la proposta del pastor havia caigut en el buit. ¿Qui gosaria anar a fer una visita al castell dels Càrpats, precisament ara que estava encantat, com no fos que hagués perdut, l'enteniment?... Cadascú tenia les més bones raons del món per no fer-ho... El jutge ja no tenia edat per arriscar-se a fer uns camins tan difícils... el mestre havia de guardar l'escola. Jonàs havia de vigilar l'hostal, Frik havia de pasturar el ramat i els altres havien de tenir cura del bestiar i del conreu. No! Ningú no s'hi oferiria, i tots repetien per a ells mateixos:

—Qui tingui l'audàcia d'anar al castell pot tenir la desgràcia de no tornar-ne mai més!

En aquell moment la porta de l'hostal es va obrir bruscament i tots els presents en tingueren un gran esglai.

Era el doctor Patak, i hauria estat difícil creure'l un d'aquells monstres amb cos de dona que Hermod havia descrit.

El seu client havia mort —cosa que feia honor a la seva perspicàcia mèdica, i fins i tot al seu talent— i ell havia corregut per assistir a la reunió del Rei Macià.

—Vet-lo-aquí! —exclamà el mestre Koltz.

El doctor Patak va estrènyer la mà a tothom ràpidament com si els repartís alguna de les seves drogues. Després, amb un to amistosament irònic va dir:

—Ja veig, amics meus, que encara esteu preocupats pel castell... el castell d'en Barrufet! Ah, que en sou de beneïts!... Si hi ha fum, que n'hi hagi! Deixeu-lo cremar tranquil, pobre castell!... ¿Per ventura l'amic Hermod no fuma tot el sant dia?... Realment, tothom està descolorit per l'espant... No he sentit parlar d'altra cosa durant les visites! ¿Els habitants d'allà dalt han fet foc?... I per què no n'han de poder fer si estan refredats de cap!... Sembla que a les cambres del castell hi gela en ple mes de maig... a no ser que es dediquin a fer pa per l'altre món! Allà dalt també s'han d'alimentar, si és veritat que tots ressucitarem! Potser són els forners del cel que han vingut aquí a fer una fornada...

Per acabar, el doctor Patak va fer una sèrie d'acudits que no caigueren gens bé a la gent de Werst, que el deixava dir.

Finalment el jutge li va preguntar:

—¿Així, doctor, no doneu cap importància a allò que passa en el castell?

—Cap ni mica, mestre Koltz.

—¿I no sou vós qui heu dit més d'una vegada que estaríeu disposat a anar-hi... si us hi desafiaven?

—Jo?... —va fer l'antic infermer, sense poder evitar sentir-se molest pel fet que li recordessin les seves paraules.

—Vejam... No ho heu dit i repetit sovint? —va insistir el mestre d'escola.

—Ho he dit... sens dubte... i realment... si només es tracta de repetir-ho...

—Es tracta de fer-ho —digué Hermod.

—De fer-ho?...

—Sí... i en lloc de desafiar-vos... en tenim prou amb demanar-vos-ho —afegí mestre Koltz.

—Compreneu-ho, amics meus... realment... aquesta proposta...

—Està bé... si vacil·leu —cridà l'hostaler—, no us ho demanem pas... us desafiem!

—Em desafieu?...

—Sí, doctor!

—Jonàs, aneu massa lluny —va dir Koltz—. No cal desafiar el doctor. Tots sabem que és home de paraula... i si ha dit que ho farà, és que ho farà... encara que només sigui per fer un servei al poble i a tot el país.

—Però... ho dieu de debò?... ¿Voleu de veritat que pugi al castell dels Càrpats? —va dir el doctor, que havia empal·lidit.

—Estem segurs que no ens fallareu —va respondre categòricament mestre Koltz.

—Si us plau... amics meus... us ho suplico... sigueu raonables si us plau!

—Ja està tot raonat —va respondre Jonàs.

—Sigueu justos... ¿De què em serviria anar allà dalt... i què hi trobaré? Algunes bones persones que s'han refugiat en el castell... i que no molesten ningú...

—Millor, si són bona gent —va respondre Hermod—. No heu de tèmer res d'ells, i serà una bona ocasió per oferir-los els vostres serveis.

—Si en tinguessin necessitat, dels meus serveis —va dir el doctor—, si m'enviessin a demanar, no vacil·laria gens a anar al castell, creieu-me... Però jo no faig visites de franc.

—Us pagarem la molèstia —digué mestre Koltz—, i a tant l'hora.

—I qui em pagarà?...

—Jo... nosaltres... i vós posareu el preu! —respongueren la majoria dels clients de Jonàs.

Era evident que, malgrat les constants fatxenderies, el doctor era tan covard com els altres. De manera que després d'haver-se fet el valent, després d'haver-se'n rigut de les llegendes del país, ara es trobava molt embarassat per haver-se de negar a fer el servei qu li demanaven. I era que, malgrat que li paguessin el desplaçament, no li convenia de cap manera anar al castell dels Càrpats. Intentà justificar que aquella visita no tindria cap resultat, que el poble es cobriria de ridícul si el delegava per explorar el castell... Però els seus arguments no serviren de res.

—Vejam, doctor. Em sembla que no arriscareu res de res —li va dir Hermod—, tenint en compte que no creieu en els esperits...

—No, no hi crec pas...

—Doncs, si no són els esperits que retornen al castell, és que s'hi han instal·lat éssers humans, i així els podreu conèixer.

El raonament del mestre era de tota lògica: es feia difícil refutar-lo.

—D'acord, Hermod —va respondre el doctor Patak—, però i si sóc retingut al castell...

—Serà senyal que hi heu estat ben rebut —contestà Jonàs.

—Evident. Però, i si la meva absència s'allarga i, a l'entretant algú del poble em necessita?...

—Tots estem perfectament sans —va contestar mestre Koltz—. No hi ha ni un malalt a Werst després que el vostre últim client ha comprat bitllet per l'altre món.

—Parleu francament... Esteu decidit a partir? —preguntà l'hostaler.

—És clar que no! —digué el doctor—. I no és que tingui por... vosaltres sabeu ben bé que no hi crec, en bruixeries... La veritat és que tot plegat em sembla absurd, ja us ho he dit... és ridícul... I tot perquè una fumera ha sortit de la xemeneia de la torre... una fumera que potser no és cap fumera... No, ho tinc decidit... No aniré al castell dels Càrpats!

—Doncs hi aniré jo!

Era Nic Deck que prenia part en la conversa amb aquests mots.

—Tu... Nic? —s'exclamà mestre Koltz.

—Jo... però amb la condició que Patak m'hi acompanyi.

Aquestes paraules havien estat pronunciades directament cap al doctor, el qual va fer un bot de l'espant.

—Ho dius de veritat, Nic? —mormolà él doctor—. Jo... jo t'hi haig d'acompanyar?... Certament... seria una bona passejada... els dos... si en poguéssim treure algun profit... i si pogués aventurar-m'hi... Vejam, Nic, tu saps molt bé que ni camí no hi ha per pujar al castell... no hi podríem arribar...

—He dit que aniré al castell —repongué Nic Deck—, i posats que ho he dit, hi aniré!

—Però jo no que no ho he dit! —cridà el doctor, debatent-se com si algú l'hagués agafat pel coll de la camisa.

—Que sí que ho heu dit —féu Jonàs.

—Sí!... Sí!... —digueren alhora els assistents.

L'antic infermer, empès per uns i altres, no sabia com escapar-se'n. Oh!, com es penedia d'haver-se compromès tan imprudentment per culpa de les seves fatxenderies. Mai no hauria imaginat que les prenien seriosament, ni que les hauria de pagar amb la seva pròpia persona... Ara no li era possible sortir-se'n. Si no, es convertiria en la riota de Werst, i tot el país de Vulkan es burlaria d'ell sense pietat. Així doncs, va decidir fer-hi el cor fort.

—Està bé... si tant ho voleu, acompanyaré Nick Deck encara que resulti inútil!

—Bé, doctor Patak, bé! —cridaren tots els bevedors del Rei Macià.

—Quan hem de partir, Nic? —va preguntar el doctor amb un posat d'indiferència que a penes amagava la seva covardia.

—Demà a la matinada —va respondre Nic Deck.

A aquestes paraules va seguir un llarg silenci. Era senyal que l'emoció de mestre Koltz i dels altres era real. Els vasos s'havien buidat i les gerres també i, això no obstant, ningú no s'aixecava, ningú no pensava a sortir de l'hostal i anar-se'n a casa, per bé que ja era molt tard. Jonàs va pensar que era una bona ocasió per servir una altra ronda de licor... De sobte es va sentir una veu ben clara entre el silenci, i vet-aquí les paraules que foren pronunciades lentament:

—*Nicolau Deck no vagis demà al castell!... No hi vagis... o en trauràs desgràcia!...*

Qui havia parlat?... ¿D'on venia aquella veu que ningú no coneixia i que semblava sortir d'una boca invisible?... Només podia ser una veu d'ànima en pena, una veu sobrenatural, una veu de l'altre món...

L'esglai d'aquella gent va arribar al límit. Ningú no gosava mirar els altres, no gosaven dir ni un mot...

El més valent —que era, evidentment, Nic Deck— va voler saber què passava. Era evident que aquelles paraules havien estat pronunciades dins la sala mateixa. I, de sobte, el xicot va tenir el coratge d'acostar-se a un cofre que hi havia i obrir-lo...

Ningú.

Va entrar a totes les cambres que donaven a la sala...

Ningú.

Obrí la porta de l'hostal, va sortir a fora, va recórrer la terrassa...

Ningú.

Uns instants després, mestre Koltz, el mestre d'escola Hermod, el doctor Patak, Nic Deck, el pastor Frik i els altres havien sortit de l'hostal. L'hostaler Jonàs, quan tothom va haver sortit, s'apressà a tancar la porta amb pany i clau.

Aquella nit, com si se sentissin amenaçats per una aparició fantàstica, els habitants de Werst atracaren sòlidament totes les portes de les cases...

El pànic s'havia ensenyorit del poble.

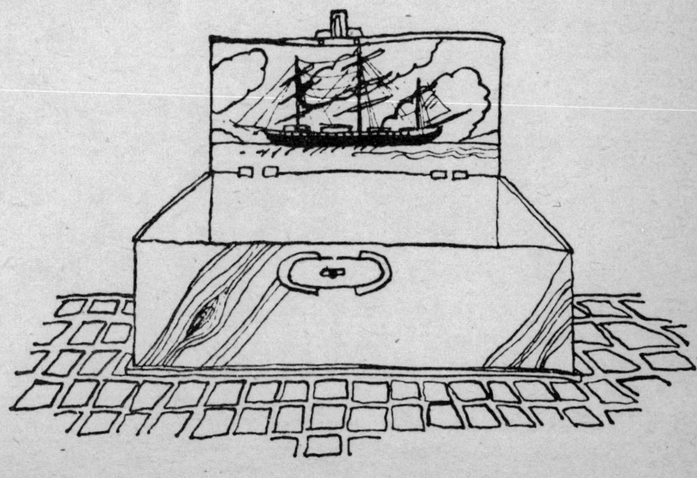

V

L'endemà, Nic Deck i el doctor Patak es preparaven per partir a les nou del matí. La intenció del xicot era remuntar la collada de Vulkan i agafar el camí més curt cap al castell sospitós.

Després del fenomen del fumeral de la torre, després del fenomen de la veu sentida a la sala de l'hostal, no és sorprenent que tota la població estigués com enfollida. Alguns zíngars ja parlaven d'abandonar la contrada. Les famílies no parlaven d'altra cosa —i encara en veu baixa—. No era possible negar que darrera aquells mots tan amenaçadors no hi hagués en Barrufet. A l'hostal hi havia una quinzena de persones de les més dignes de ser cregudes, i totes havien sentit aquelles paraules estranyes. Pretendre que tots plegats havien estat enganyats per una il·lusió dels sentits era insostenible. No hi havia dubte en aquest sentit: Nic Deck havia estat avisat personalment que no s'entestés a portar a terme el seu projecte d'explorar el castell dels Càrpats.

Malgrat tot, el jove guarda forestal estava disposat a deixar Werst sense ser forçat. Efectivament, per molt profit que mestre Koltz pogués treure d'aclarir el misteri del castell, per molt d'interès que tinguessin la gent del poble de saber que hi passava, tothom havia fet el tot pel tot perquè Nic Deck es fes enrera. Desconsolada, desesperada, amb els ulls plens de llàgrimes, Miriota li havia suplicat que no s'obstinés a portar a terme aquesta aventura, que ja era greu abans que la veu l'hagués advertit, i ara, després de l'avís, era empresa de folls. Justament a la vetlla del casament Nic Deck volia arriscar la vida en una tal aventura, i la seva promesa, ni agenollada no era capaç de retenir-lo... Ni les advertències dels amics ni les llàgrimes de Miriota no el podien fer-se desdir. Per altra banda, això no va sorprendre ningú. La gent coneixia el caràcter ferreny del xicot, la seva tenacitat, diguem que la seva tossuderia. Havia dit que aniria al castell dels Càrpats i res ni ningú no li ho impediria —ni tan sols aquella amenaça que li havia estat feta directament—. Sí, aniria al castell, encara que no n'hagués de tornar mai més!

Quan va arribar l'hora de partir, Nic Deck va estrènyer contra el seu cor la Miriota, mentre la pobra xicota se senyava amb el dit índex, el del cor i el polze, segons el costum romanès, que és un homenatge a la Trinitat.

I el doctor Patak?... Doncs el doctor Patak, obligat a acompanyar el guarda forestal, havia intentat de totes totes evitar el compromís, però no se n'havia sortit. Havia dit tot el que una persona podia dir!... Havia posat totes les objeccions imaginables!... S'havia parapetat darrera aquella advertència tan formal de no anar al castell que tothom havia sentit clarament...

—Aquesta amenaça només em toca a mi —s'havia limitat a contestar Nic Deck.

—I si a tu et passava alguna cosa, Nic —havia contestat Patak—, ¿vols dir que jo me'n sortiria sense mal?

—Amb mal o sense, ahir vàreu prometre venir amb mi al castell, i hi vindreu perquè jo hi vaig!

La gent de Werst va comprendre que res no impediria el xicot de complir la seva promesa i, sobre el punt del doctor Patak, li donaren la raó. Era millor que Nic Deck no s'aventurés tot sol. I el doctor, que veia que no es podia fer enrera, que comprometia la seva situació dins el poble, que seria cruelment castigat després de les seves fatxenderies, es va resignar amb l'ànima encongida d'espant. Per altra banda, estava ben decidit a aprofitar el més petit obstacle del camí per obligar el seu company a tornar enrera.

Finalment Nic Deck i el doctor Patak partiren, i mestre Koltz, el mestre Hermod, Frik i Jonàs els acompanyaren fins al tombant del carrer major, a la sortida del poble.

D'aquell lloc estant, mestre Koltz dirigí una altra vegada la ullera de llarga vista —que ara no deixava mai— cap al castell. No hi havia cap fumera a la xemeneia de la torre, cosa que hauria estat fàcil de veure sobre un horitzó tan pur de bella matinada de primavera. Volia dir això que els hostes, naturals o sobrenaturals, havien tocat pirandó en veure que Nic Deck no feia cas de les seves amenaces? N'hi va haver que ho pensaren, i aquesta va ser encara una raó més decisiva per portar l'afer fins a la satisfacció total.

Varen encaixar i Nic Deck, arrossegant el doctor, va desaparèixer darrera el tombant de la collada.

El xicot anava vestit de viatge: una gorra amb galons i ampla visera, un abric amb cinturó i coltell, calces amb bufes, botes ferrades, cartutxera als ronyons i el llarg fusell a l'espatlla. Tenia fama de ser un tirador hàbil. I si el fusell no servia contra les ànimes en pena, podia fer falta, en canvi, contra els lladres que ronden les fronteres. I si no trobava lladres, podia haver-se-les amb un ós mal intencionat. Era prudent, doncs, anar preparat per defensar-se.

Quant al doctor, va creure convenient anar armat amb una vella pistola de pedra foguera, que fallava tres trets de cada cinc. També portava una destral petita que el seu company li havia donat, pel cas que calgués obrir-se camí entre el fullatge espès del Plesa. Portava l'ample barret dels pagesos de la contrada, una gruixuda capa de viatge embotonada, unes botes ben ferrades; però aquell bagatge tan pesant no l'impediria, arribat el moment, d'escampar la boira ràpidament.

Nic Deck i ell també s'havien proveït de menjar, que portaven a la motxilla, a fi de poder prolongar l'exploració si calia.

Després d'haver passat el tombant del camí, els dos homes feren uns quants centenars de passes al llarg del Nyad, remuntant la vora dreta. Si seguien el camí que circula a través dels barrancs del massís es dacantarien massa cap a l'oest. Seria més avantatjós poder continuar al llarg del torrent, la qual cosa hauria reduït un terç la distància, perquè el Nyad fa el seu curs entre els replecs de l'altiplà d'Orgall. Però el marge, abans practicable, havia sofert moltes esllavissades i alts roquissars barraven el pas fins i tot a gent a peu. Així doncs, calia tallar de gairell cap a l'esquerra un cop haguessin passat la zona inferior dels boscos del Plesa, si volien arribar fins al castell.

Era, per altra banda, l'únic indret per on el castell era abordable. En temps del comte Rodolf de Gortz, la comunicació entre el poble de Werst i el castell, la collada de Vulkan i la vall del Sil valaqui, es feia per un caminoi que havia estat obert seguint aquesta mateixa direcció. Però el caminot, deixat durant més de vint anys a mans de la vegetació, estava completament cobert de matolls i herbam, i hauria estat inútil buscar-ne el traç.

En el moment de deixar el llit profundament encaixat del Nyad, ple d'una aigua remorosa, Nic Deck es va aturar per orientar-se. D'allà estant el castell no era visible, i no el reveurien fins haver passat la cortina de boscos que atapeïen els pendents baixos de la muntanya —disposició comuna a tot el sistema orogràfic dels Càrpats—. L'orientació seria difícil de determinar, sense cap marca. Només es podien orientar per la posició del sol, els raigs del qual començaven a il·luminar les llunyanes crestes del sud-est.

—Ho veus!... Ho veus, Nic... No hi ha camí...

—Però n'hi haurà —va respondre el jove.

—Això és bo de dir, Nic...

—I bo de fer, Patak.

—Així, encara estàs decidit?...

El guarda forestal es va limitar a respondre amb un moviment del cap i començà a caminar entre els arbres.

En aquell moment el doctor va sentir unes ganes folles de girar cua, però el seu company, que s'havia girat cap a ell, li llençà una mirada tan resolta que el covard no va considerar convenient quedar enrera.

El doctor Patak tenia encara una última esperança: que Nic Deck no tardaria gaire a perdre's entre aquell bosc laberíntic, on no havia anat mai a fer la ronda. Però no tenia en compte el sisè sentit del noi, aquell instint professional, aquella aptitud «animal» per dir-ho d'alguna manera, que li permetia guiar-se amb els mínims indicis: la projecció de les branques cap a una o altra direcció, el desnivell del sòl, el color de l'escorça, tons variats de la molsa segons si està exposada als vents del sud o del nord. Nic Deck era molt destre en el seu ofici. L'exercia amb una sagacitat massa gran per perdre's, encara que fos en llocs desconeguts per a ell. Hauria estat un digne rival de David Crockett.

Però malgrat tot, la travessa d'aquella zona d'arbres seria realment difícil. Els oms, els faigs, els erables que hom anomena «plàtans falsos», les alzines grandioses, ocupaven els primers estrats i arribaven fins on comencen a crèixer els bedolls, els pins i els avets, acumulats a les zones superiors de l'esquerra de la collada. Eren uns arbres magnífics, de troncs poderosos, les branques tèbies de saba novella, el fullatge espès que es barrejava i formava una cúpula de verdor que el sol no aconseguia travessar.

El passatge hauria estat relativament fàcil passant ajupits sota les branques si el sotabosc no hagués presentat obstacles: i quin treball tenien per desbrossar, per fer camí entre les ortigues i els esbarzers, per defensar-se dels milers d'espines que punxen al més petit contacte! Però Nic Deck no era home que passés ànsia fàcilment, i vist que podia guanyar terreny a través del bosc, no el preocupaven gaire les esgarrinxades que en trauria. La marxa, és cert, era forçosament molt lenta en aquelles condicions —cosa que era un contratemps empipador, perquè Nic i el doctor tenien interès d'arribar al castell aquella mateixa tarda. Volien arribar-hi amb claror de dia per explorar-lo i poder tornar a Werst abans que es fes nit.

Així doncs, el guarda forestal, amb la destral a la mà, lluitava per obrir-se un camí entre aquells matolls espessos plens de baionetes vegetals, mentre que els peus trobaven un terra desigual, boterut, ple d'arrels que el feien ensopegar, o bé s'enfonsava dins de sots plens de fullaraca humida que el vent no havia escombrat mai. Milers de tavelles esclataven fent espetecs fulminants, la qual cosa espantava el pobre doctor que, en sentir cada pet pegava un bot, mirava a dreta i esquerra, i es girava enrera esglaiat quan la capa es quedava enganxada a una branca, com si el retinguessin amb una urpa monstruosa. No anava gens tranquil, el pobre home. Però ara no hauria gosat entornar-se'n tot sol, i s'esforçava per no deixar gaire distància entre ell i el seu intractable company.

A vegades apareixien capricioses clarianes. Un raig de llum hi penetrava. Parelles de cigonyes negres, trencada la seva solitud, fugien de les branques altes voletejant sorollosament. Travessar aquestes clarianes era encara més fatigós. Efectivament, en aquells llocs s'hi havien acumulat una gran quantitat de branquillons, arbres caiguts als dies de tempesta o de vells, com si la destral d'un llenyater els hagués donat el cop mortal. Allí jeien els troncs enormes, mig podrits, que ningú no convertiria en bigues, que cap carreta del món no els arrossegaria fins al llit del Sil valaqui. Davant d'aquells obstacles, difícils de franquejar, a vegades impossibles de treure del mig, Nic Deck i el seu company se les veien ben negres. El jove Nic, àgil, lleuger i vigorós, aconseguia sortir-se'n, però el doctor Patak, camacurt i rodanxó, esbufegant, sense alè, no podia evitar les caigudes, que obligaven el xicot a tornar enrera per ajudar-lo.

—Ja ho veuràs, Nic. Acabaré trencant-me un os.

—Vós mateix el tornareu soldar.

—Apa, Nic, per què no ets una mica més assenyat?... Cal no entestar-se contra l'impossible...

Per fi Nic Deck ja havia remprès la marxa i el doctor, en veure que no el convenceria, s'apressava a seguir-lo.

¿La direcció que havien seguit fins llavors, era la que convenia per arribar fins a l'entrada del castell? Hauria estat difícil saber-ho. No obstant això, com que el sol encara pujava, remuntaren vers el límit del bosc i hi varen arribar a les tres de la tarda.

Més enllà i fins arribar a l'altiplà de l'Orgall, s'estenia la cortina d'arbres verds, més aclarits a mesura que el vessant de la muntanya es feia més alt.

En aquell lloc, el Nyad tornava a aparèixer entre les roques, ja fos perquè el torrent hagués girat al nord-est, ja fos perquè Nic Deck hagués esbiaixat cap a ell. Això donà al jove la seguretat d'haver anat pel bon camí, perquè el torrent semblava que sortia de les entranyes de l'altiplà d'Orgall.

Nic Deck no va poder negar al doctor una hora de descans a la vora del torrent. Per altra banda, l'estómac reclamava menjar amb tanta evidència com descans les cames. Les motxilles estaven ben plenes. L'aiguardent omplia les cantimplores del doctor i de Nic. I una aigua cristal·lina i fresca, filtrada pels còdols del fons, lliscava a la seva vora. Què més podien desitjar? Havien gastat moltes forces, calia recuperar-les.

Des que havien partit, el doctor no havia tingut gaire temps per xerrar amb Nic Deck, que sempre el precedia. Però es va rescabalar quan tots dos foren asseguts a la vora del Nyad. Si un era poc xerraire, l'altre ho era per tots dos. Sabut això, ningú no trobarà estrany que les preguntes siguin llargues i les respostes breus.

—Parlem una mica, Nic Deck, i parlem seriosament —va fer el doctor.

—Us escolto —respongué el xicot.

—Penso que si ens hem aturat en aquest indret és per recuperar forces.

—Just.

—Abans de tornar a Werst...

—No... abans d'anar al castell.

—Vejam, Nic. Fa sis hores que caminem i encara no som a mig camí...

—Això vol dir que no tenim temps per perdre.

—Però ja farà fosca quan arribarem al castell, i m'imagino que no seràs tan boig d'arriscar-t'hi a les fosques... caldrà que esperem que es torni a fer de dia...

—Esperarem.

—¿Així, no vols renunciar a aquest projecte tan foraseny at?...

—No.

—Increïble! Vet-nos aquí retuts, necessitem una taula ben parada dins un bon menjador, i un bon llit dins una bona cambra... i tu penses passar la nit a la serena?...

—Sí, si algun obstacle ens impedeix entrar al castell.

—I si no trobem cap obstacle?

—Anirem a dormir a una de les cambres de la torre.

—Les cambres de la torre! —cridà el doctor Patak—. ¿I et penses, Nic, que jo consentiré passar tota una nit dins aquell maleït castell?...

—Evidentment, sempre que no us estimeu més quedarvos tot sol a fora...

—Tot sol!... Això no és el que hem convingut, i si ens em de separar, m'estimo més que ho fem ara i tornaré a la vila!

—El que hem convingut, doctor Patak, és que vós em seguireu fins allà on jo arribaré...

—De dia, sí... però no de nit!...

—Bé, doncs. Sou lliure d'anar-vos-en, i procureu no perdre-us entre els arbres.

Perdre's, això era el que feia patir al doctor. Sol, abandonat, sense estar acostumat a les inacabables voltes a través dels boscos del Plesa, no es veia capaç de retrobar el camí cap a Werst. A més, si anava sol, quan arribaria la nit —que potser seria ben negra— i hagués de baixar pels pendents de la collada, corria el risc de caure al fons d'un barranc, i això no li feia peça. Era millor seguir el noi fins al peu del castell. Però el doctor va voler fer un últim esforç per aturar el seu company:

—Saps molt bé, estimat Nic, que no em separaré mai de tu... I si insisteixes a arribar al castell, no t'hi deixaré anar tot sol.

—Ben dit, doctor Patak. Em sembla que ja hem parlat prou.

—No... espera un moment, Nic. M'has de prometre que, si hi arribem de nit, no intentaràs entrar al castell...

—El que us prometo, doctor, és de fer tots els possibles per entrar-hi. No reculare ni una passa fins que no hagi descobert què hi ha dins.

—Què hi ha dins, Nic! —s'exclamà el doctor arronsant les espatlles—. Però, què vols que hi hagi?

—No ho sé, i com que estic decidit a saber-ho, ho sabré...

—Encara falta que hi puguem arribar, a aquest castell del diable! —va dir el doctor, que ja havia quedat sense arguments—. I veient les dificultats que hem tingut fins ara, i el temps que ens ha costat travessar els boscos del Plesa, s'acabarà el dia abans que tornem a veure'n la torre...

—No ho crec pas —va contestar Nic Deck—. A la part alta de les muntanyes, els avets són molt més esclarissats que aquesta fullaraca dels oms, alzines i erables.

—Però el terra serà difícil d'escalar.

—Què hi fa, si no és impracticable

—És que he sentit dir que hi ha óssos als voltants de l'altiplà d'Orgall!

—Porto el fusell, i vós, doctor, porteu la pistola per defensar-vos.

—Però si arriba la nit correm el risc de perdre'ns a la fosca.

—No, perquè ara tenim un guia, que espero que no ens abandoni.

—Un guia? —s'exclamà el doctor.

I es va aixecar bruscament per mirar al seu voltant amb inquietud.

—Sí —va respondre Nic—, un guia que és el torrent del Nyad. N'hi haurà prou amb remuntar per la vora dreta i arribarem a la cresta de l'altiplà, on hi neix. Penso, doncs, que abans de dues hores serem a la porta del castell, si ens posem en camí sense esperar més.

—D'aquí a dues hores... com no sigui d'aquí a sis!

—Esteu a punt?

—Espera una mica, Nic... només hem descansat uns minuts...

—Uns minuts que fan una bona mitja hora. Per última vegada, esteu a punt?

—A punt... quan les cames em pesen com si fossin de plom... Saps ben bé que no tinc les teves cames de guarda forestal, Nic Deck!... Tinc els peus inflats, i és cruel que m'obliguis a seguir-te...

—Ja m'heu tret de polleguera, Patak!... Sou lliure d'anar on vulgueu!... Bon vent!...

I Nic es va aixecar.

—Per l'amor de Déu, Nic —cridà el doctor—, escolta!

—Escoltar les vostres bestieses!

—Vejam... Ja és tard... ¿Per què no ens quedem aquí, per què no acampem sota aquests arbres?... Reemprendríem la marxa demà a trenc d'alba i tindríem tot el matí per arribar a l'altiplà...

—Doctor —va contestar Nic Deck—, us repeteixo que tinc la intenció de passar la nit dins el castell.

—No! —cridà el doctor—. No... no ho faràs, Nic, no et deixaré que ho facis...

—Vós?

—T'agafaré... t'arrossegaré... i si convé, et pegaré...

No sabia el que es deia, el pobre Patak. Pel que fa a Nic Deck, ni tan sols li havia contestat, i, després d'haver-se penjat el fusell a l'esquena, va fer unes passes en direcció al Nyad.

—Espera'm... espera'm! —cridà el doctorr—. Diable d'home... espera't un moment... les cames em fan figa... les articulacions no em funcionen...

Malgrat tot, no trigaren gaire a funcionar, perquè va caldre que l'antic infermer mogués les seves cames al trot per posar-se al costat del guarda forestal, que ni tan sols es va tombar.

Eren les quatre. Els raigs del sol retallaven la cresta del Plesa, que no trigaria gaire a interceptar-los, i il·luminaven de gairell les branques altes del bosc d'arrels. Nic Deck tenia raó d'anar depressa, car aquells boscos alts s'enfosqueixen ràpidament així que el sol va de baixa.

Quin aspecte tan curiós i estrany tenen aquests boscos que reuneixen les rústegues essències muntanyenques. En lloc d'arbres retorçuts, inclinats, o de brancam baix, s'hi drecen fusos drets, espaiats, nus, fins a cinquanta o seixanta peus per sobre de les seves arrels, troncs sense nusos que estenen, com un cobricel, la seva verdor persistent. Als seus peus no hi ha gairebé matolls ni herbes. Arrels llargues, que s'arrosseguen a flor de terra, com si fossin serps endormiscades pel fred. I el terra entapissat de molsa groguenca i tova,. amb branquillons escampats i pinyes seques que esclaten sota les petjades. Després hi havia un pendís àrid i ple de roques cristal·lines, les arestes vives de les quals tallen el cuiro més espès. Tot això feia la travessa difícil en aquella avetosa que s'estenia més d'un quart de milla. Per escalar aquells blocs, calia lleugeresa de ronyons, força de braons i una seguretat de cames que no tenia el doctor Patak. Nic Deck, si hagués anat sol, no hauria trigat ni una hora per fer aquell camí, però amb l'impediment del seu company, havent-se d'aturar per esperar-lo, havent-lo d'hissar quan hi havia alguna roca massa alta per a les seves cames curtes, trigaren tres hores. El doctor només temia una cosa —temor espantós—: quedar-se sol enmig d'aquella solitud espantosa.

Això no obstant, si bé els pendissos esdevenien cada cop més dificultosos, els arbres començaven a espaiar-se a la cresta del Plesa. Formaven només grups isolats de dimensions mediocres. Entre aquells bosquets, es podia descobrir els cims de les muntanyes, que es dibuixaven al fons, i per sobre de les carenes de les quals emergien les bromes del capvespre. El torrent del Nyad, que el guarda forestal no havia deixat fins aleshores, minvà fins a esdevenir un reguerot que tenia la deu a poca distància. A pocs centenars de peus per sobre del darrer plec del terreny, s'arrodonia l'altiplà d'Orgall, coronat per les construccions del castell.

Nic Deck arribà per fi a l'altiplà, després d'un darrer esforç que va deixar el doctor retut. El pobre home no hauria tingut força ni per arrossegar-se vint passes més, i caigué a terra com un bou ferit per la maça de l'escorxador.

Nic Deck amb prou feines sentia el cansament d'aquesta ascensió difícil. Dret, immòbil, mirava aquell castell dels Càrpats, al qual no s'hi havia acostat mai.

Davant dels seus ulls es dreçava un recinte emmerletat, protegit per un fossar profund, l'únic pont del qual restava aixecat contra una poterna emmarcada per un cordó de pedres.

Al voltant del recinte, sobre l'altiplà d'Orgall, tot era abandó i silenci.

Una resta de llum permetia de veure el conjunt del castell, que es retallava confusament entre les ombres del capvespre. No hi havia ningú damunt la muralla ni ningú a la torre, ni ningú a la terrassa circular del primer pis, ni cap filet de fum no sortia de la xemeneia extravagant que el rovell secular s'havia anat menjant.

—I bé, Nic —preguntà el doctor Patak—. Suposo que estaràs d'acord que és impossible creuar aquest fossar, abaixar el pont i obrir la poterna.

Nic Deck no va respondre. S'adonava que caldria aturar-se davant els murs del castell. Enmig d'aquella foscor, ¿com hauria pogut baixar al fossar i escalar el roquissar per entrar al castell? Evidentment, el més prudent era esperar l'alba i actuar a plena llum del dia.

I això és el que acordaren, amb gran enuig per part del guarda forestal i extrema satisfacció per part del doctor.

VI

El quart minvant de la lluna, brillant com una falç de plata, havia desaparegut gairebé de seguida després de la posta del sol. Uns núvols vinguts de l'oest apagaren ràpidament les darreres clarors del crepuscle. L'ombra envaïa l'espai, alçant-se des de les zones baixes. El circ de muntanyes s'omplia de tenebres i, ben aviat, les formes del castell desaparegueren en la foscor de la nit.

Si bé aquella nit amenaçava de ser molt fosca, res no indicava que es veuria sotragada per qualsevol meteor atmosfèric, tempesta, pluja o tronada. Això era una sort per a Nic Deck i el seu company, que es preparaven per passar la nit al ras.

No hi havia cap bosquet en aquell altiplà àrid d'Orgall. De tant en tant, alguns matolls arran de terra, que no oferien cap recer contra la serena. Hi havia tantes roques com vulgueu: unes mig soterrades, altres que amb prou feines aguantaven l'equilibri i que una lleugera empenta les hauria enviades a rodar fins al bosc d'avets.

En realitat, l'única planta que creixia en abundor en aquella terra pedregosa, era un card gruixut anomenat «espina russa», la llavor del qual, diu Elisée Reclus, fou portada en els pèls dels cavalls moscovites —«present de joiosa conquesta que els russos feren als transilvans»—.

Per als nostres dos personatges es tractava de trobar un racó qualsevol per esperar la llum i que els protegís del descens de la temperatura que, a tanta alçada, és molt fort.

—Hem de triar un lloc o altre per estar... malament —mormolà el doctor Patak.

—Sou de plànyer, a fe —va contestar Nic Deck.

—Ja ho crec que em planyo! Quin lloc més agradable per enxampar un refredat o un bon reuma del qual no em sabré curar.

Confessió sense cap mena d'artificis en boca de l'antic infermer de la quarantena. Ai las! Com trobava en falta la seva caseta comfortable de Werst, amb la seva cambra ben tancada i el seu llit ben abrigat, tou i calentó.

Entre els blocs disseminats a l'altiplà d'Orgall, calia trobar-ne algun, l'orientació del qual oferís la millor protecció contra el ventijol del sud-oest que començava a bufar. Això és el que va fer Nic Deck, i ben aviat el doctor es va reunir amb ell darrera una roca allargassada i plana com un plat a la seva part superior.

Aquesta roca era un d'aquells bancs de pedra cobert de plantes salvatges que es troba freqüentment a la vora dels camins, a les contrades valaques. Alhora que el viatger pot reposar-hi, pot beure-hi l'aigua que conté un gerro que cada dia omplen la gent del país. Quan el castell era habitat pel baró Rodolf de Gortz, aquest banc tenia un recipient que els servidors de la família curaven que no es buidés mai. Però ara era ple de deixalles, entapissat de molsa verdenca i el més mínim cop l'hauria reduït a miques.

A l'extrem del banc, es dreçava una tija de granit, resta d'una antiga creu, dels braços de la qual només en quedava una escletxa a la part superior del muntant vertical, gairebé esborrada. En la seva qualitat d'esperit fort, el doctor Patak no podia admetre que aquella creu el protegiria de les aparicions sobrenaturals, i, això no obstant, per una anomalia comú a un bon nombre d'incrèduls, el doctor Patak no era gaire lluny de creure en el diable. Ara bé, segons pensava, en Barrufet no devia ser massa lluny, perquè era ell qui omplia el castell d'encanteris i no hi havia poterna tancada, ni pont aixecat, ni penyasegat tallat a pic, ni fossar profund que l'impedís de sortir-ne si se li acudia anar a tórcer-los el coll a tots dos.

I mentre el doctor pensava que hauria de passar tota la nit en aquelles condicions, tremolava de por. No! Era exigir massa a una criatura humana, i ni tan sols els temperaments més enèrgics ho haurien pogut resistir. Després, li vingué una idea tardana —una idea que no havia tingut d'ençà que havien sortit de Werst. Era dimarts al vespre, i precisament aquell dia la gent del comitat es guarda bé de sortir després de la posta de sol. Els dimarts, ja se sap, és dia de maleficis. Si fem cas de les tradicions, sortir de nit els dimarts era exposar-se a trobar algun geni malfactor. Per això, els dimarts no circula ningú, ni pels carrers ni pels camins, després de la posta de sol. I heus aquí que el doctor Patak era, no solament fora de sa casa, sinó a les envistes d'un castell fantasmagòric i a dues o tres milles del poble! I, a més a més, es veia obligat a esperar al ras la sortida del sol... Mira que si no sortia mai! Era de debò temptar el dimoni.

Mentre rumiava aquests pensaments, el doctor va veure com el guarda forestal treia tranquil·lament de la seva motxilla un bocí de carn freda, després de beure un bon glop de la cantimplora. El millor que podia, fer, pensà el doctor, era imitar-lo, la cual cosa va fer tot seguit. Una cuixa d'oca, una fogassa de pa i tot ben remullat amb rakiu. Era el que li feia falta per recuperar forces. Però, tanmateix, si bé va aconseguir encalmar la seva fam, no va poder arrossegar la seva por.

—I ara a dormir —va dir Nic Deck després de col·locar la seva motxilla al peu de la roca.

—¿Dormir? —digué el doctor.

—Bona nit, doctor.

—Això és fàcil de dir, però em temo que no acabi bé, aquesta nit...

Nic Deck, que no tenia gaires ganes de conversar, no va respondre. Acostumat per la seva feina a haver de dormir al bosc, s'arraulí així com va poder contra el banc de pedra i no trigà gaire a adormir-se. Al pobre doctor no li quedà altre remei que remugar mentre sentia la respiració endormiscada del seu company a intervals regulars.

A ell li va ser del tot impossible, ni tan sols alguns minuts, deixar reposar els seus sentits de la vista i de l'oïda. Malgrat la fatiga, no deixava de mirar ni de parar l'orella. El seu cervell era presa de les visions extravagants que són fruit de les molèsties de l'insomni. ¿Què intentava veure entre les ombres espesses? Tot i res, les formes imprecises dels objectes que l'envoltaven, els núvols que creuaven el cel, la tossa amb prou feines perceptible del castell. Després, eren les roques de l'altiplà d'Orgall que li semblava que es movien en una mena de dansa infernal. Mira que si s'esllavissaven, rodolaven al llarg del pendís, queien sobre els dos imprudents i els xafaven a la porta d'aquell castell, l'entrada del qual els hi era prohibida!

L'infortunat doctor s'havia aixecat i escoltava aquells sorolls que hi sol haver als altiplans, aquells mormols inquietants que, alhora són gemecs i sospirs. Sentia també els ocells nocturns que fregaven les roques amb un frenètic cop d'ala, les òlibes que enlairaven el vol per fer el seu passeig nocturn, dues o tres parelles de mussols, el crit dels quals ressonava com un gemec. Aleshores els seus músculs es contreien simultàniament i el seu cos tremolava mullat per una suor freda. Així passaren llargues hores fins a punt de mitjanit. Si el doctor Patak hagués pogut parlar, intercanviar de tant en tant un tros de frase, donar curs lliure a les seves recriminacions, no hauria tingut tanta por. Però Nic Deck dormia i ho feia pro fundament. Mitjanit. Era l'hora més terrible de totes, l'hora de les aparicions, l'hora dels encanteris.

Què passava?

El doctor s'acabava d'aixecar preguntant-se si estava despert o era sota la influència d'un malson. En efecte, allí dalt cregué veure —no ho va veure realment— formes estranyes, il·luminades per una llum espectral, que passaven d'un horitzó a l'altre, pujant i baixant amb els núvols. Semblava que eren una mena de monstres, dracs amb cua de serp, hipògrifs d'ales amples, krakens gegantins, vampirs enormes que li planaven damunt per enxarpar-lo amb les seves urpes o empassar-se'l amb les seves goles.

Després, tot li va semblar que es movia a l'altiplà d'Orgall: les roques i els arbres que hi havia al seu límit. I d'una manera molt clara li arribaren a les orelles, a intervals petits, uns repics.

—El campanar —mormolà—. El campanar del castell.

Sí! Es tractava de la campana de la vella capella del castell i no de la de l'església de Vulkan, els sons de la qual el vent hauria arrossegat cap a una altra banda.

I heus aquí que els repics es fan cada cop més ràpids... La mà que toca la campana no fa un toc de morts. No, és un via fora que aixeca ecos a la frontera transilvana.

En sentir aquells repics llòbrecs, el doctor Patak va ser pres d'una por convulsiva, d'una angoixa insuportable, d'un espant irresistible, que el va fer estremir tot.

Però aquells repics havien despertat el guarda forestal. S'aixecava mentre el doctor semblava petrificat.

Nic Deck parà l'orella i els seus ulls miraren les tenebres que embolcallaven el castell.

—Aquesta campana... Aquesta campana la toca en Barrufet.

Decididament, Patak creia més que mai en el dimoni.

El guarda forestal, immòbil, no li va respondre.

De sobte, una mena de xiulets semblants als de les sirenes de les entrades dels ports, es desencadenaren en onades tumultuoses. Aquells xiulets eixordadors creuaren l'espai.

Després, sortí una claror de la torre central, una claror intensa, de la qual brollaven esclats d'una vivacitat penetrant, llamps encegadors. ¿Quin fogar produïa aquella llum poderosa, les irradiacions de la qual formaven clapes amples sobre l'altiplà d'Orgall? ¿De quin forn escapava aquell broll fotogènic que semblava encendre les roques alhora que les banyava amb una lividesa estranya?

—Nic, Nic, mira'm! —cridà el doctor—. ¿També jo semblo un cadàver com tu?

En efecte, el guarda i el doctor havien pres un aspecte cadavèric, amb el rostre esblanqueït, els ulls apagats, les òrbites buides, les galtes verdenques i la color gèlida. Els cabells semblaven la molsa que creixia, segons les llegendes, als cranis dels penjats...

Nic Deck semblava astorat d'allò que veia i sentia. El doctor Patak havia arribat al grau màxim de por, tenia els músculs contrets, el pèl erissat, la pupil·la dilatada. El cos encarcarat. Com diu el poeta de les *Contemplations*: «Respirava l'espant».

Un minut —només un minut— durà aquell fenomen horrible. Després, aquella llum estranya minvà gradualment, el bramuls s'extingiren i l'altiplà d'Orgall retornà al silenci i a la fosca.

Ni l'un ni l'altre intentaren dormir. El doctor espaordit, el guarda forestal dret contra el banc de pedra, a l'espera de l'alba.

¿Què pensava Nic Deck davant d'aquelles coses que als seus ulls eren tan evidentment sobrenaturals? ¿Podien aquells fenòmens fer-li perdre la seva resolució? ¿S'entossudiria a continuar aquella aventura temerària? Certament, havia dit que penetraria en el castell, que exploraria la torre... Però, ¿no n'hi havia prou amb haver arribat davant les murades i haver provocat la còlera dels genis, causant aquell transtorn dels elements? ¿Que potser algú li retrauria no haver mantingut la seva promesa si retornava al poble sense cometre la bogeria d'aventurar-se a l'interior d'aquell castell diabòlic?

De cop i volta, el doctor se li tirà a sobre, li agafà la mà i va intentar arrossegar-lo mentre repetia amb veu forta:

—Vine, vine!

—No! —va respondre Nic Deck, i va retenir el doctor, que caigué a terra després d'aquell darrer esforç.

Finalment la nit s'acabà, i tal era l'estat del seu esperit, que ni el guarda forestal ni el doctor no van ser conscients del temps que passava fins a la sortida del sol. A la seva memòria no hi restà res de les hores que precediren les primeres lluors de l'alba.

Finalment, una línia rosada es dibuixà sobre el cimal del Paring, a l'horitzó de l'est, a l'altra banda de la vall dels dos Sils. Unes blancors lleugeres s'anaren produint al zènit, sobre un fons de cel ratllat com una zebra.

Nic Deck es tombà cap al castell. Va veure com les seves formes s'anaven accentuant a poc a poc, com la torre s'anava destacant de les bromes que baixaven cap a la collada de Vulkan, com anaven apareixent la capella, les galeries, el penya-segat, d'entre els vapors nocturns, com, després, en el bastió de l'angle, s'anava retallant el faig, les fulles del qual mormolaven amb la brisa de llevant.

No havia canviat res de l'aspecte habitual del castell. La campana era tan immòbil com la vella xemeneia feudal. No hi havia cap fumera i les finestres enreixades continuaven obstinadament closes.

Per damunt de l'altiplà volaven alguns ocells, llençant xiscles petits i clars.

Nic Deck adreçà la seva mirada cap a l'entrada principal del castell. El pont aixecat tancava la poterna, entre les dues pilastres de pedra treballada amb l'escut d'armes dels barons de Gortz.

El guarda forestal estava decidit, doncs, a dur fins al final aquella expedició? Sí. I la seva resolució no havia minvat ni gens ni mica amb els esdeveniments de la nit. Tan aviat dit com fet: era la seva divisa, com ja sabem Ni la misteriosa veu que l'havia amenaçat personalment a la sala gran del *Rei Macià*, ni els fenòmens inexplicables de sons i llums dels quals havia estat testimoni, no li impedirien creuar la murada del castell. Li bastaria una hora per recórrer les galeries, visitar la torre, i aleshores, un cop complerta la seva promesa, reemprendria el camí de Werst, on podria arribar a punta de migdia.

Quant al doctor Patak, no era més que una màquina inerta que no tenia ni força de resistir ni tan sols de voler. Aniria allà on el farien anar. Si queia, ja no es podria aixecar. Els espants de la nit passada l'havien destarotat i no va dir res quan el guarda forestal, assenyalant el castell, li va dir:

—Anem.

I, no obstant això, hi havia llum i el doctor hauria pogut retornar a Werst sense por de perdre's pels boscos del Plesa. Però que ningú li suposi cap mena de ganes de quedar-se amb Nic Deck. Si no l'abandonava era perquè no tenia consciència de la situació, no era més que un cos sense ànima. Així doncs, quan Nic l'arrossegà cap al penya-segat del castell, el seguí.

Ara bé, ¿era possible penetrar en el castell per un lloc que no fos la poterna? Això era el que volia descobrir Nic Deck.

La muralla no presentava cap escletxa, cap esquerda, cap forat que pogués deixar penetrar a l'interior del recinte. Fins i tot semblava impossible que aquelles muralles tan velles estiguessin en tan bon estat —la qual cosa era deguda, sens dubte, al seu gruix—. Hissar-se fins als merlets semblava impossible, perquè s'alçaven més de quaranta peus per sobre del fossar. De tot això se'n deduïa que Nic Deck, precisament quan havia arribat al castell dels Càrpats, havia trobat uns obstacles insuperables. Afortunadament —o malauradament per a ell— hi havia, part damunt de la poterna, una mena d'escletxa o de forat que permetia, temps enrera, disparar una colobrina. Doncs bé, utilitzant una de les cadenes del pont, que arribava a terra, un home àgil i fort podria hissar-se fins l'escletxa. La seva amplada permetia passar i, a menys que fos reixada per la part de dins, Nic Deck aconseguiria sens dubte penetrar al pati del seu castell. El guarda s'adonà a primer cop d'ull que era l'única manera d'entrar al castell, i per això mateix, seguit per l'inconscient doctor, baixà per un caminoi fins al fossar.

Ben aviat ambdós arribaren a fons del fossar, ple de pedres i de plantes salvatges. No se sabia on posar el peu, ni si milers de bèsties verinoses s'amagaven sota les herbes d'aquella humida excavació.

Al mig del fossar i paral·lelament a la muralla hi havia el llit de l'antiga sèquia, gairebé seca del tot i que es podia creuar d'una gambada. Nic Deck, que no havia perdut ni la seva energia física ni moral, actuava amb sang freda, mentre que el doctor el seguia maquinalment com un animal arrossegat per un dogal.

Després d'haver creuat la sèquia, el guarda seguí la base de la muralla durant una vintena de passes i s'aturà davall la poterna, allí on penjava la cadena del pont. Amb l'ajut de braços i cames, podria còmodament arribar a l'ampit de pedra que hi havia sota l'escletxa.

Evidentment, Nic Deck no tenia la pretensió d'obligar el doctor Patak a fer l'escalada amb ell. El bon home, tan pesant, no ho hauria pogut fer. Es limità, doncs, a sacsejar-lo vigorosament per fer-li entendre que no es mogués del fons del fossar.

Després, Nic Deck començà l'escalada al llarg de la muralla, la qual cosa no fou sinó un joc pels seus músculs de muntanyenc.

Però quan el doctor es veié sol, heus aquí que li retornà fins a cert punt el sentiment de la situació. Va comprendre, va mirar i va veure el seu company que penjava a dotze peus de terra i, aleshores, amb una veu ofegada per la por, es posà a cridar:

—Espera, Nic, espera!

El guarda ni l'escoltà.

—Vien, vine o me'n vaig! —gemegava el doctor, que va aconseguir posar-se dempeus.

—Aneu-vos-en! —li va contestar Nic Deck, i continuà hissant-se per mitjà de la cadena del pont.

El doctor Patak, en el paroxisme de la por, va voler llavors arribar al caminoi del fossar a fi de pujar fins a la cresta de l'altiplà d'Orgall i reemprendre corrents el camí de Werst...

Però, oh prodigi, davant del qual s'esborraven tots els que havien sacsejat la nit abans! —heus aquí que el doctor no es podia moure...

Els seus peus foren retinguts com si els tingués agafats per les barres d'unes estenalles... ¿Podia moure'ls un després de l'altre?... No! Els talons i les soles de les botes havien quedat enganxats a terra... ¿Que potser havia quedat agafat a una trampa?... Estava massa enfollit per mirar-ho... Semblava que, en realitat, havia estat retingut pels claus de les sabates.

Fos el que fos, el pobre home estava immobilitzat al seu lloc... clavat a terra... Ja no tenia ni força per cridar, i estirava desesperadament les mans... S'hauria dit que volia fugir d'alguna patum, la boca de les qual emergeix de les entranyes de la terra...

A l'entretant, Nic Deck havia arribat a l'alçada de la poterna i acabava de posar les mans sobre una de les ferradures per on s'empotrava una de les frontisses del pont llevadís...

Va deixar anar un crit de dolor; després es feu enrera com si hagués estat llampat, es deixà anar al llarg de la cadena, que l'instint li havia fet tornar a agafar, i va anar a parar al fons del fossar.

—La veu ja m'havia advertit que tindria una desgràcia —mormolà abans de perdre el coneixement.

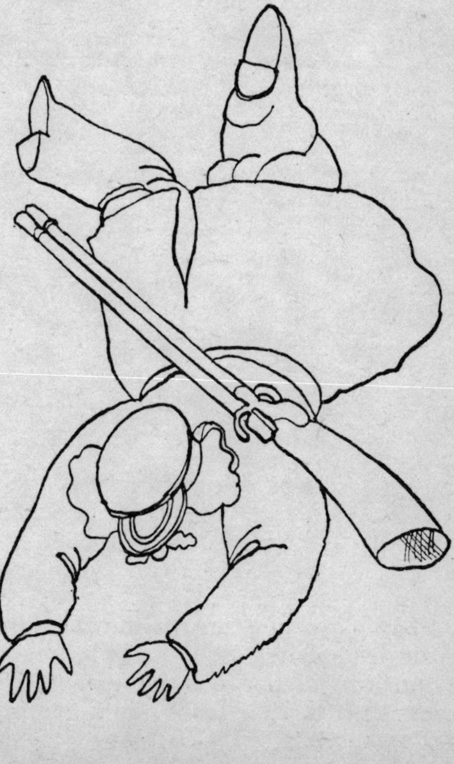

VII

¿Com descriure l'ànsia de tot el poble de Werst després de la partida del jove guarda forestal i del doctor Patak? No havia fet més que augmentar amb el pas de les hores, que semblaven inacabables.

El jutge Koltz, l'hostaler Jonàs, el mestre Hermod i alguns altres havien fet guàrdia a la terrassa. Cadascun d'ells s'esforçava per observar la tossa llunyada del castell i veure si alguna volva de fum tornava a aparèixer per damunt la torre.

No hi hagué ni la més petita fumera —la qual cosa fou constatada per mitjà de la ullera de llarga vista, invariablement enfocada en aquella direcció. De debò que els dos florins emprats per adquirir aquell aparell havien estat diners ben profitosos. Mai el jutge, home que solia tancar la bossa, no havia sentit menys recança per una despesa d'aquesta mena. A dos quarts d'una, quan el pastor Frik tornava de pasturar el ramat, el varen interrogar amb avidesa. ¿Hi havia alguna cosa de nou, d'extraordinari, de sobrenatural?...

Frik contestà que acabava de recórrer la vall del Sil valaqui sense veure res de sospitós.

Després de dinar, prop de les dues, cadascun d'ells retornà al seu lloc d'observació. Ningú no volia quedar-se a casa seva, ni molt menys posar els peus al *Rei Macià*, on es podien sentir veus comminatòries. Que les parets tinguin orelles, passi, que al cap i a la fi és una expressió popular, però això que tinguin boca...

Així, el digne hostaler temia que el seu hostal fos sotmès a quarantena, i això el tenia molt preocupat. ¿Es veuria obligat a tancar el seu hostal i beure's ell tot sol el seu vi, mancat de clients? No obstant això, per tal de tranquil·litzar el poble de Werst, havia fet una àmplia investigació del *Rei Macià:* havia registrat cambres, fins i tot sota els llits, havia visitat cellers i golfes, examinat minucosament racons i raconets de la gran sala des d'on algú pogués haver muntat aquella mixtificació. Res. Res tampoc a la façana que s'alçava per damunt el Nyad. Les finestres eren massa altes perquè algú pogués arribar-hi sense caure al torrent. No importa! La por no raona i hauria de passar un bon temps abans que els clients habituals de Jonàs recobressin la confiança en el seu hostal, en les seves coques i el seu aiguardent.

Molt de temps?... No, i ja veurem per què aquest pronòstic no s'acompliria.

En efecte, uns dies més tard, i degut a una circumstància del tot imprevista, els notables del poble reemprenien les seves conferències quotidianes remullades amb bones rondes d'aiguardent a les taules del *Rei Macià.* Però ens cal tornar al jove guarda forestal i al seu company el doctor Patak.

Hem de recordar que, abans de sortir de Werst, Nic Deck havia promès a la desolada Miriota de no allargar massa la seva visita al castell dels Càrpats. Si no li passava res, si no s'acomplien les amenaces de l'hostal, comptava retornar al poble a les primers llums del capvespre. Se l'esperava, doncs, i amb quina impaciència. D'entrada, ni la noia ni son pare ni el mestre d'escola no podien preveure que les dificultats del camí no els haurien permès arribar a l'altiplà d'Orgall abans que fes nit. És lògic, doncs, que la inquietud, ja prou viva durant tot el dia, depassés tota mesura quan el rellotge de Vulkan tocà les vuit campanades que se sentiren nítidament a Werst. ¿Què havia passat perquè Nic Deck i el doctor no tornessin després de tot un dia d'absència? Amb aquests pensaments, ningú no pensava tornar a casa seva abans que no vinguessin els dos exploradors. A cada moment s'imaginaven veure'ls a un revolt de la carretera de la collada.

El jutge Koltz i la seva filla, portats per l'ànsia, havien anat fins a l'extrem del carrer, allí on havien destacat el pastor perquè vigilés el camí. Moltes vegades van creure veure unes ombres que es dibuixaven al lluny, a través dels arbres... Il·lusions. La collada era deserta com de costum, perquè era estrany que la gent de la fron-

tera volgués endinsar-s'hi en plena nit, i a més a més, era dimarts al vespre, aquells dimarts de genis malfactors, i en un dia així els transilvans no recorren voluntàriament el camp a posta de sol. Nic Deck devia ser boig per atrevir-se a visitar el castell en dimarts. La veritat és que ni el jove guarda ni ningú del poble no hi havien pensat.

Ara sí que hi pensava Miriota. I quines imatges tan espantoses s'imaginava! La noia havia seguit el seu promès hora a hora de pensament, a través dels boscos espessos del Plesa, mentre ell pujava cap a l'altiplà d'Orgall... Ara, arribada la nit, li semblava que el veia dins el recinte, intentant fugir als esperits que poblaven el castell dels Càrpats... S'havia convertit en la joguina dels seus maleficis... Era la víctima de la seva venjança... Estava empresonat al fons d'alguna presó subterrània... potser mort...

Pobra noia! Què no hauria donat per anar darrera les petjades de Nic Deck! I com que no podia, almenys hauria volgut esperar-lo tota la nit en aquell indret. Però el seu pare l'obligà a tornar a casa i, deixant el pastor vigilant, tots dos retornaren a la llar.

En trobar-se sola a la seva cambra, Miriota s'abandonà sense reserves al plor. Estimava amb tota l'ànima el valent Nic, l'estimava amb un amor molt més profund del que hi sol haver entre les parelles que, per aquelles terres de la Transilvània, es comprometen en matrimoni d'una forma tan estranya.

Cada any, a la festa de Sant Pere, hi ha la «fira dels promesos». Aquest dia hi ha reunió de totes les noies joves del comitat. Les xicotes hi arriben amb les seves millors carretes, tirades pels cavalls millors; ja porten la dot, és a dir, vestits filats, cosits i brodats per elles mateixes, tancats dins cofres de colors brillants; les acompanyen els familiars amics i veïns. I llavors arriben els joves, vestits amb robes superbes, coberts amb mantells de seda. Recorren la fira com galls dindis; trien la noia que els agrada; li lliuren un anell i un mocador en senyal de prometatge i els casaments es fan al retorn de la festa.

Però no era a un d'aquests mercats que Nicolau Deck havia trobat Miriota. El seu prometatge no s'havia fet a l'atzar. Es coneixien d'ençà que eren nens, s'estimaven d'ençà que tingueren edat per estimar. El jove guarda forestal no havia anat a buscar a una fira la que havia de ser la seva muller, i Miriota li ho agraïa. Ah! ¿Per què Nic Deck tenia un caràcter tan resolt, tan tenaç? ¿Per què s'entestava a mantenir una prometença tan imprudent? Ell l'estimava i, això no obstant, ella no havia tingut prou influència per impedir-li d'anar a aquell maleït castell!

Quina nit passà la pobra Miriota entre angoixes i plors! No s'havia volgut ficar al llit, Guaitant per la finestra, amb la mirada fixa al carrer, li semblava sentir una veu que mormolava:

—Nicolau Deck no ha tingut en compte les amenaces... Miriota ja no té promès!...

Era un engany dels seus sentits torbats. No hi havia cap veu entre el silenci de la nit. L'inexplicable fenomen del *Rei Macià* no es reproduïa a la casa del jutge Koltz.

L'endemà, a trenc d'alba, la població de Werst ja era a fora de les cases. Des de la terrassa fins al revolt de la collada, tot era gent que pujava i baixava pel carrer major —uns per demanar noves, altres per donar-ne—. Deien que el pastor Frik havia fet una mica de camí, fins a una milla del poble, però no a través dels boscos del Plesa sinó seguint-ne el límit, i que no ho havia fet sense motiu.

Calia esperar-lo i, per tal de poder-se comunicar amb ell abans, mestre Koltz, Miriota i Jonàs arribaren fins al final del poble.

Una mitja hora més tard veieren el pastor a un centenar de passes, dalt del camí.

Com que no semblava tenir gaire pressa, varen pensar que això era mal senyal.

—I bé, Frik... què hi ha de nou?... Què has vist?... —li va demanar mestre Koltz quan el pastor se'ls va ajuntar.

—No he vist res... —va respondre el pastor.

—Res... —va mormolar la noia, i els ulls se li ompliren de llàgrimes.

—A trenc d'alba —va dir el pastor—, he vist dos homes a una milla d'aquí. He cregut que era Nic i el doctor... però no eren ells!

—Has pogut saber qui són aquests homes? —preguntà Jonàs.

—Dos viatgers estrangers que acabaven de creuar la frontera valaqui.

—Has parlat amb ells?

—Sí.

—Que potser vénen cap al poble?

—No, fan camí en direcció del Retyezat, perquè volen arribar fins al cim.

—Són turistes?

—Ho semblen, l'amo.

—¿I, aquesta nit, creuant la collada de Vulkan, no han vist res de res per la banda del castell?...

—No, perquè encara eren a l'altra banda de la frontera —va contestar el pastor.

—Així, no tens cap notícia de Nic Deck?

—Cap.

—Déu meu!... —sospirà la pobra Miriota.

—De tota manera, ho podreu preguntar als dos viatgers d'aquí a uns dies, perquè compten aturar-se a Werst abans de tornar a Kolosvar —afegí Frik.

—Si almenys ningú no els parla malament del meu hostal! —pensà Jonàs inconsolable—. Serien capaços de no voler allotjar-s'hi.

Des de feia trenta sis hores, el bon hostaler estava obsessionat amb el temor que cap viatger no gosaria ni menjar ni dormir al *Rei Macià* a partir d'ara.

En realitat, les preguntes i respostes entre el pastor i l'amo no havien aclarit gens la situació. I posat que ni el jove guarda ni el doctor no havien tornat a les vuit del matí, podien tenir l'esperança que tornarien algun dia?...

Ningú no s'acosta impunement al castell dels Càrpats!

Desfeta per les emocions d'una nit d'insomni, Miriota no podia aguantar-se dreta. De defallida que estava, gairebé ni podia caminar. El seu pare la va haver d'acompanyar a casa. Allí, va trencar el plor... Cridava Nic amb una veu desoladora... Volia anar a reunir-se amb ell... Feia llàstima, pobra noia, i temien que no es posés malalta.

Era necessari i urgent prendre una decisió. Calia anar a l'encontre del guarda forestal i del doctor sense perdre ni un instant. Poc importava que hi hagués perills, poc importava que s'exposessin a les represàlies d'éssers humans o sobrenaturals que habitaven el castell. L'essencial era saber què els havia passat a Nic i al doctor. Aquest deure s'imposava tant als seus amics com als altres habitants del poble. Els més valents no es negaren a aventurar-se pels boscos del Plesa a fi de pujar fins al castell dels Càrpats.

Decidit això, després de molts passos i discussions, els més valents fóren tres: el jutge Kolts, el pastor Frik i l'hostaler Jonàs —ni un més. Quant al mestre Hermod, sobtadament s'havia ressentit d'un dolor de gota a la cama i s'havia hagut d'estirar sobre dues cadires de la seva escola.

Vers les nou, mestre Koltz i els seus companys, ben armats per prudència, agafaren el camí de la collada de Vulkan. I al mateix lloc on Nic Deck s'havia desviat, també es desviaren ells i s'endinsaren pel bosc espès. Suposaven, no sense raó, que si el jove guarda i el doctor eren en camí de retorn, agafarien la mateixa via a través del Plesa. A més, seria fàcil reconèixer el seu rastre, i així va passar de seguida que el tres homes creuaren el límit del bosc.

Els deixarem anar per explicar el canvi que hi va haver a Werst des del moment que els perderen de vista. Primer havia semblat indispensable que unes persones de bona voluntat anessin a cercar Nic Deck i el doctor Patak, però ara trobaven que era una imprudència sense nom que haguessin partit. Quin bon resultat, quan a la primera desgràcia s'hi afegís la segona! Ja ningú no dubtava que el guarda i el doctor havien estat víctimes de la seva temptativa. I doncs, de què servia que mestre Koltz, Frik i Jonàs s'exposessin a ser víctimes també? S'hauria guanyat molt quan la noia Miriota hagués de plorar per son pare com plorava ara pel seu promès, quan els amics del pastor i de l'hostaler s'haurien de retreure la seva pèrdua!

La desolació fou general a Werst, i no semblava que hi hagués d'haver consol aviat. Tot i admetre que no els hagués passat cap desgràcia, no podien comptar que mestre Koltz i els seus companys tornarien abans que la nit hagués embolcallat les altures dels voltants.

Quina va ser la sorpresa quan varen ser vists, devers les dues de la tarda, al capdamunt del camí! Amb quina pressa Miriota, que havia estat avisada immediatament, va córrer al seu encontre.

I no eren només tres, eren quatre, i el quart era el doctor.

—Nic... el meu pobre Nic! —va cridar la noia—. ¿Nic no és amb vosaltres?

Sí... Nic Deck també venia... estès sobre un baiard de branques i fulles que Jonàs i el pastor portaven penosament.

—És mort... —va cridar Miriota—. És mort!

—No... no és mort —va contestar el doctor Patak—. Però mereixeria ser-ho... i jo també!

La veritat és que el jove havía perdut els sentits. Els membres erts, el rostre sense vida... la respiració gairebé ni li aixecava el pit. Quant al doctor, si no estava tan descolorit com el seu company era perquè l'esforç de caminar li havien tornat els colors habituals de rajol vermellós.

La veu de Miriota, tan tendra, tan desolada, no va tenir el poder de treure Nic d'aquella sopor on havia caigut. Quan varen arribar al poble i l'hagueren instal·lat al llit de mestre Koltz encara no havia dit ni una paraula. No obstant això, uns moments més tard, va obrir els ulls i, en veure la seva promesa asseguda a l'espona del llit, un somriure li va volar per damunt dels llavis; però quan intentà alçar-se, no ho va aconseguir. Una part del seu cos estaba paralitzada, com si tingués un atac d'hemiplexia. Tot i això, per asserenar Miriota, li va dir amb veu feble:

—No serà res... no serà res...

—Nic... pobre Nic meu... —repetia la noia.

—Una mica de cansament, només, estimada Miriota, i

una mica d'emoció... Em passarà aviat... amb la teva cura...

Però el malalt necessitava descans i tranquil·litat. De manera que mestre Koltz va sortir de la cambra i va deixar Miriota al costat del guarda forestal, el qual no hauria pogut desitjar una infermera més diligent. El noi no va trigar a endormiscar-se.

A l'entretant, l'hostaler Jonàs contava a un auditori ben nombrós, amb veu forta per tal que tothom el sentís bé, el que havia passat d'ençà que havien partit.

Mestre Koltz, el pastor i ell, després d'haver trobat en el bosc la petja de Nic Deck i el doctor, havien començat a pujar cap al castell dels Càrpats. Al cap de dues hores de caminar, mentre s'enfilaven pel pendís del Plesa i el límit del bosc quedava només a una mitja milla, veieren aparèixer dos homes. Eren el doctor i el guarda. Un d'ells no s'aguantava dret i l'altre, al límit de les seves forces, acabava de caure als peus d'un arbre.

Els tres corregueren cap al doctor, l'interrogaren però no li varen poder treure ni un sol mot perquè estava massa ensopit per respondre. Aleshores fabricaren un baiard amb branques i fulles i hi col·locaren Nic. Ajudaren el doctor a posar-se dempeus, per la qual cosa necessitaren totes les seves forces. Llavors, mestre Koltz i el pastor, que es tornava amb Jonàs a portar el baiard, emprengueren camí de retorn a Werst.

Pel que fa a dir els motius que havien portat Nic Deck a aquell estat, o si havia explorat o no el castell, l'hostaler no ho sabia pas més que mestre Koltz ni que el pastor, car el doctor encara no havia recobrat del tot els sentits per satisfer la curiositat de tots.

Però si bé Patak no havia parlat fins aleshores, calia que ho fes ara. Què dimonis! Ara estava segur al poble, voltat d'amics, enmig dels seus clients... No havia de témer res dels éssers d'allà dalt. Fins i tot, si li havien fet jurar que callés, que no expliqués res d'allò que havia vist al castell dels Càrpats, l'interès del públic l'obligava a trencar el seu jurament.

—Au, doctor, reanimeu-vos —li va dir el jutge Koltz—, i expliqueu-nos el que recordeu.

—Voleu... voleu que parli?

—En nom dels habitants de Werst i per garantir la seguretat del poble, us ho ordeno.

Un bon vas de rakiu que li va portar Jonàs va tenir

per efecte retornar al doctor l'ús de la seva llengua, i amb frases entretallades, s'expressà d'aquesta manera:

—Vam sortir tots dos... Nic i jo... bojos, estàvem, bojos... Ens va caldre tot un dia per travessar aquests boscos maleïts... Era de nit quan vàrem arribar davant del castell... encara tremolo... tremolaré tota la vida... Nic volia entrar-hi... Sí, volia passar la nit a la torre... que és com dir el dormitori de Belzebub...

El doctor Patak deia les coses amb una veu tan fosca que tothom s'estremia només de sentir-lo.

—No ho vaig consentir... no, no ho vaig consentir... ¿Què hauria passat si hagués cedit als desitjos de Nic Deck? Els cabells se'm posen de punta només pensar-ho.

I sí, els cabells del doctor es posaven de punta sobre el seu crani i era perquè la seva mà els estirava maquinalment.

—Així doncs, Nic es va decidir a acampar a l'altiplà d'Orgall... Quina nit, amics meus, quina nit! Intenteu reposar mentre els esperits no us deixen dormir ni una hora... No, no, ni tan sols una hora... De cop i volta, uns monstres de foc van aparèixer entre els núvols, uns veritables monstres... i es van precipitar sobre l'altiplà per devorar-nos.

Tot els ulls s'alçaren cap al cel per veure si hi havia una cursa d'espectres galopants allí dalt.

—I poc després, heus aquí la campana de la capella que es posa a tocar!

Tots pararen les orelles cap a l'horitzó i més d'un va creure sentir tocs llunyans de campana, d'impressionats com estaven per la contarella del doctor.

—De sobte —cridà el doctor—, vam sentir un bramuls espantosos... com una mena de grinyols de feres... i després vam veure una llum que sortia de les finestres de la torre... Una flama infernal que il·luminava tot l'altiplà fins els límits del bosc... Nic Deck i jo ens vam mirar... Oh, quina visió tan espantosa!... Semblàvem dos cadàvers... dos cadàvers que aquella llumenària llòbrega feia fer ganyotes l'un a l'altre.

I, mirant al doctor Patak, en el seu rostre convuls, els seus ulls enfollits, tothom es podia preguntar si no era veritat que retornava de l'altre món, on ja hi havia enviat un bon nombre dels seus semblants.

Va caldre deixar-li recuperar l'alè, perquè no podia continuar la seva narració. Això li costà a Jonàs un segon vas de rakiu, que va semblar que retornava a l'antic infermer una part de la raó que els esperits li havien fet perdre.

—¿Molt bé, però, de debò, què li ha passat al pobre Nic Deck? —preguntà el jutge Koltz.

La pregunta tenia molta importància per al jutge, perquè era precisament el jove guarda forestal la víctima de les amenaces que havia fet la veu dels genis, a la sala gran del *Rei Macià*.

—Això és el que em queda a la memòria —va contestar el doctor—. Finalment ha arribat el dia... Jo he demanat a Nic Deck que abandonés els seus projectes... però ja el coneixem, no hi ha qui el pugui fer canviar de parer, tossut com és... Ha baixat al fossar... i jo m'he vist obligat a seguir-lo perquè m'arrossegava... d'altra banda, no era conscient del que feia... Nic ha avançat fins a sota mateix de la poterna... agafa la cadena del pont i s'hissa mirada amunt... En aquest precís moment m'he adonat d'on érem i del que passava... encara era a temps d'aturar-lo, aquest imprudent... aquest sacríleg, diria... Un cop més li he ordenat que baixi, que ens entornem cap a Werst... «No», em contesta... Jo vull fugir... sí, amics, cal que ho confessi... he volgut fugir, però ¿quants de vosaltres no hauríeu fet el mateix en el meu lloc?... Però els meus peus estaven clavats, cargolats, arrelats a terra. He intentat arrabassar-los... era impossible... He intentat caminar... tot era inútil...

I el doctor Patak imitava els moviments desesperats d'un home retingut per les cames, com una guineu atrapada.

Llavors, continuant la narració, diu:

—En aquest moment, se sent un crit... i quin crit!... Era Nic Dick qui l'havia fet... Les seves mans, agafades a la cadena, l'han deixada anar, i ha caigut al fons del fossar com si una mà invisible l'hagués colpejat!

Era cert que el doctor acabava de contar les coses tal i com havien passat, i la seva imaginació no hi havia afegit res, per molt trasbalsada que la tingués. Tal com havia descrit els fets, tals havien estat els prodigis que havien tingut per teatre l'altiplà d'Orgall la nit passada. Pel que fa al que havia seguit a la caiguda de Nic Deck, heus-ho aquí: El guarda forestal ha perdut els sentits i el doctor Patak és incapaç d'ajudar-lo, perquè les botes el mantenen clavat a terra i no se les pot treure perquè té els peus inflats... De sobte, la força invisible que l'encadena es trenca bruscament... Ja té les cames lliures... Es precipita cap al seu company i —un important acte de valor per part del doctor— li mulla la cara amb el seu mocador, que abans havia mullat amb l'aigua de la sèquia... El guarda recobra els sentits, però té el braç esquerre i una part del cos immobilitzats després de l'espantós cop que ha sofert... No obstant això, amb l'ajuda del doctor, aconsegueix aixecar-se i enfilar-se pel pendís del fossar fins arribar a l'altiplà... I després emprèn el camí cap al poble. Al cap d'una hora de camí, els dolors del seu braç i del seu costat són tan violents que l'obliguen a aturar-se. És just en aquell moment quan el doctor es disposava a partir cap a Werst en cerca d'ajut, que el jutge Koltz, Jonàs i Frik han arribat.

Pel que fa a l'estat del jove guarda forestal, el doctor Patak evitava pronunciar-se, tot i que habitualment, quan es tractava d'un cas mèdic, tenia una rara seguretat.

—Si algú està malalt d'una malaltia natural —s'acontentà de respondre amb to dogmàtic—, ja és greu. Però si es tracta d'una malaltia sobrenatural que en Barrufet us envia, només en Barrufet us en pot guarir.

A falta de diagnòstic, aquell pronòstic no era gaire tranquil·litzador per a Nic Deck. Afortunadament, aquelles paraules no eren l'evangeli i molts metges s'han equivocat d'ençà d'Hipòcrates i de Galenus. El jove guarda forestal era un noi fort i la seva constitució vigorosa permetia esperar que se'n sortiria, fins i tot sense cap mena d'intervenció demoníaca i amb la condició de no seguir amb massa exactitud les prescripcions de l'antic infermer de la quarantena.

VIII

Aquesta mena d'esdeveniments no podien tranquil·litzar els terrors dels habitants de Werst. Ara no hi havia cap dubte. Les amenaces que la «boca de l'ombra», com diria el poeta, havia fet a l'hostal del *Rei Macià* eren certes. Nic Deck, ferit de manera inexplicable, havia estat castigat per la seva desobediència i temeritat. ¿No era això un advertiment per tots aquells que fossin temptats de seguir el seu exemple? Prohibició formal d'intentar penetrar en el castell dels Càrpats: heus aquí el que se'n deduïa d'aquella deplorable temptativa. Qualsevol que ho intentés hi arriscaria la vida. Certament, si el guarda hagués aconseguit creuar la muralla, no hauria tornat al poble.

Després d'aquests fets, l'espant fou més fort que mai a Werst i fins i tot a Vulkan, i també a tota la vall dels dos Sils. Es parlava d'abandonar el país; algunes famílies gitanes emigraven per no ser veïnes del castell; el temperament públic no podia suportar que el castell serví d'habitatge a éssers sobrenaturals i malfactors. No quedava més remei que anar-se'n a una altra regió del comitat, a menys que el govern hongarès no es decidís a destruir aquell refugi inabordable. Però, ¿que potser es podia destruir el castell amb els mitjans que els homes tenien a la seva disposició?

Durant la primera setmana de juny, ningú no va sortir del poble, ni tan sols per dedicar-se al conreu dels camps. El més mínim cop d'aixada podia provocar l'aparició d'un fantasma, amagat a les entranyes de la terra. La roda de la carreta, en fer una rodera, podia fer aparèixer un estol de staffli o de stryges. Allí on se sembrés grans de blat creixerien fruits del dimoni.

—La qual cosa no trigarà a passar —deia el pastor Frik amb to convençut.

I, per la seva banda, se'n guardava prou de tornar amb les seves ovelles a les pastures del Sil.

El poble estava aterroritzat. Els pagesos havien abandonat els treballs del camp. Es quedaven a casa, amb les portes i finestres tancades. El jutge Koltz no sabia què havia de fer per retornar als seus administrats una confiança que fins i tot a ell li mancava. Decididament l'únic mitjà seria anar a Kolosvar i reclamar la intervenció de les autoritats. ¿I el fum, encara sortia per la xemeneia de la torre del castell?... Sí, moltes vegades, i gràcies a la ullera de llarga vista, van poder veure la fumera que eixia de la torre i que es barrejava amb els vapors de l'altiplà d'Orgall.

I a la nit, els núvols que hi havia per damunt del castell, prenien un to vermellenc, talment com si hi hagués un incendi... Hauríeu dit que unes volves inflamades giravoltaven per sobre el castell.

¿I aquells bramuls que tant havien esverat el doctor Patak? ¿Arribaven als habitants de Werst a través del massís del Plesa?... Sí, o com a mínim, malgrat la distància, el vent del sud-oest portava aquells terribles grinyols ampliats per l'eco de la collada.

A més a més, segons aquella gent embogida, el terra era agitat per trepidacions subterrànies, com si un vell cràter s'hagués desvetllat a la serra del Càrpats. Però potser hi havia bona part d'exageració en allò que la gent de Werst creien veure, sentir i captar. Fos el que fos, s'havien produït uns fets positius, tangibles, d'això no cal dubtar-ne, i ja no es podia viure a un país tan extraordinàriament trasbalsat.

No cal dir que l'hostal del *Rei Macià* continuava estan desert. Un llatzaret en temps d'epidèmia no hauria estat més abandonat. Ningú no tenia el valor de creuar-ne la llinda, i Jonàs es preguntava si, a falta de clients, no seria més lògic tancar el negoci. En això, però, l'arribada de dos viatgers va venir a modificar aquell estat de coses.

Al capvespre del 9 de juny, vers les vuit, el pestell de la porta va ésser aixecat per la part de fora. Però aquella porta, rovellada de per tot, no es va poder obrir.

Jonàs, que ja s'havia retirat a la seva cambra, s'apressà a baixar. A l'esperança que tenia de trobar-se davant d'un hoste, s'hi ajuntava el temor que fos un hoste sobrenatural i malcarat al qual caldria negar el sopar i el dormir. Jonàs començà a parlar a través de la porta, sense obrir-la.

—Qui és? —preguntà.

—Dos viatgers.

—Vius?

—Molt vius.

—N'esteu segurs?

—Tan vius com sigui possible, senyor hostaler, però que no trigarem a morir-nos de fam si teniu la crueltat de deixar-nos a fora.

Jonàs finalment es decidí a fer córrer el forrellat, i els dos homes entraren a la sala. Un cop dins, el primer que feren fou demanar una habitació cadascú, amb la intenció de passar vint-i-quatre hores a Werst. A la claror del seu llum, Jonàs examinà els nous vinguts amb extrema atenció, fins que confirmà que se les havia amb éssers humans. Quina sort, per al *Rei Macià!*

El més jove dels viatgers semblava tenir al voltant de trenta-dos anys, alt, de rostre noble i bell, ulls negres, cabells foscos, barba bruna, retallada amb elegància, la fesomia trista però orgullosa, talment un gentilhome, i un hostaler tan observador com Jonàs no podia errar-se. A més a més, quan els va preguntar amb quin nom els havia d'inscriure, el més jove va contestar:

—El comte Franz de Telek i el seu soldat Rotzko.

—De quin país?

—De Craiova.

Craiova és una de les principals províncies de l'estat de Romania que limita amb les províncies transilvanes, al sud dels Càrpats. Franz de Telek era, doncs, romanès, la qual cosa Jonàs havia endevinat al primer cop d'ull.

Quant a Rotzko, home d'uns quaranta anys, alt i robust, amb un bigoti espès, cabells curts de pèls erissats, tenia un aspecte molt militar. Portava a l'esquena una motxilla de soldat i una maleta lleugera a la mà.

Era l'equipatge del jove comte, que feia turisme sovint a peu. Això s'endevinava pel seu vestit, abric en bandolera, passamuntanyes al cap, jaqueta cenyida a la cintura per una corretja de la qual penjava la funda d'un ganivet valaqui, polaines i botes ben ferrades.

Aquells viatgers no eren altres que els que havia trobat el pastor Frik deu dies abans pel camí de la collada, i que es dirigien cap a Retyezat. Després de visitar la comarca fins als límits del Maros i haver pujat a la muntanya, volien reposar una mica al poble de Werst per prosseguir després per la vall dels dos Sils.

—Teniu dues cambres per a nosaltres? —preguntà Franz de Telek.

—Dues, tres, quatre, tantes com vulgui el senyor comte —contestà Jonàs.

—Amb dues n'hi haurà prou —digué Rotzko—. Només ens cal que siguin una a tocar de l'altra.

—Aquestes us aniran bé? —preguntà Jonàs obrint dues portes que hi havia a l'extrem de la sala.

—Molt bé —va dir Franz de Telek.

Com ja podem veure, Jonàs no havia de témer res dels seus nous hostes. No eren en absolut éssers sobrenaturals, esperits amb aparença humana. No, aquell gentilhome es presentava com un d'aquells distingits personatges que un hostaler se sent sempre honorat de rebre. Aquella era una feliç circumstància que tornaria a posar de moda el *Rei Macià*.

—A quina distància som de Kolosvar? —preguntà el comte.

—A una cinquantena de milles, seguint el camí que passa per Petroseny i Kalsburg —va contestar Jonàs.

—I és un camí pesat?

—Molt pesat per als qui van a peu, i si em permeteu que us faci una observació, senyor comte, sembla que teniu necessitat de reposar uns quants dies.

—Podem sopar? —preguntà Franz de Telek, tallant la insinuació de l'hostaler.

—Mitja hora de paciència i tindré l'honor d'oferir al senyor comte un sopar digne d'ell.

—Una mica de pa, vi, ous i carn freda ens bastarà per aquesta nit.

—Ara us ho portaré.

—Com més aviat millor.

—Ara mateix.

I Jonàs es disposava a entrar a la cuina quan una pregunta l'aturà:

—No sembla que tingueu gaire gent al vostre hostal —digué Franz de Telek.

—En efecte, en aquests moments no hi tinc ningú, senyor comte.

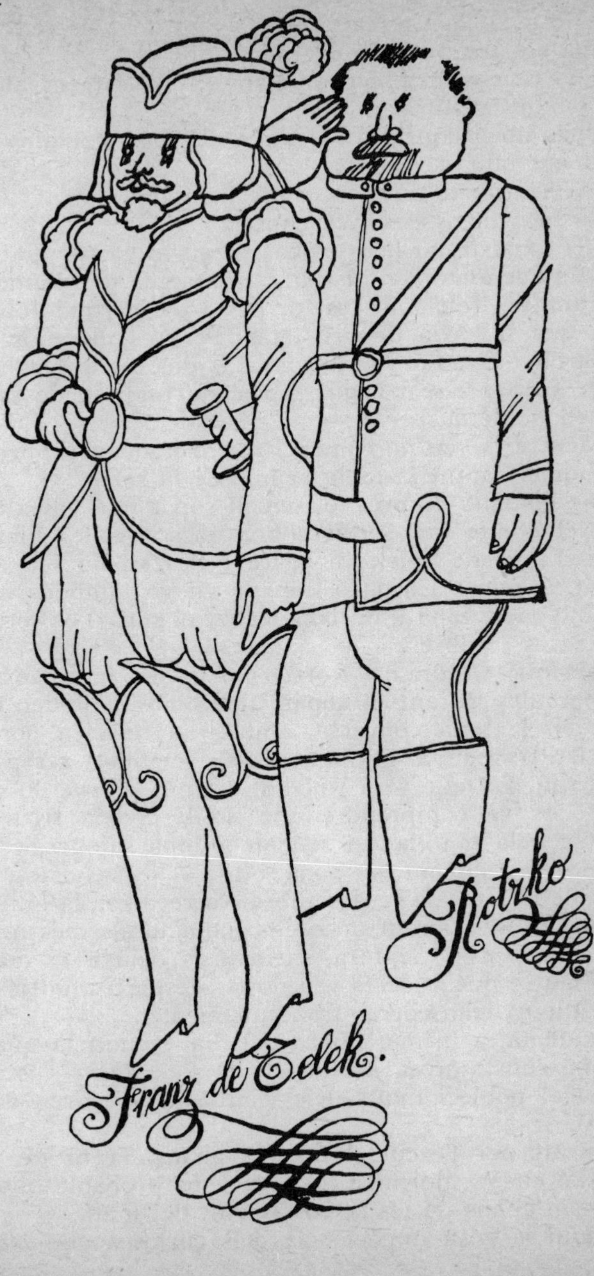
Rotzko
Franz de Telek.

—¿Que no és ara l'hora que la gent del país ve a fumar la pipa i a fer petar la xerrada?

—És massa tard, senyor comte. A Werst ens anem al llit com les gallines.

Jonàs no li hauria dit per res del món per què el *Rei Macià* era buit de clients.

—Werst no té uns cinc-cents habitants?

—Més o menys, senyor comte.

—Tot i això, no hem trobat ningú al carrer major.

—És que avui som dissabte... la vigília del diumenge...

Franz de Telek no insistí, per sort, perquè Jonàs no sabia què li havia de contestar. Per res del món no li hauria dit quina era la situació. Els dos estrangers no trigarien a adonar-se'n i, qui sap si no fugirien de seguida d'aquell poble suspecte.

«Mentre la veu no comenci a xerrar quan sopin», pensava Jonàs parant la taula al mig de la sala.

Uns instants després, el senzill sopar que havia encarregat el comte era servit sobre unes tovalles blanquíssimes. Franz de Telek va seure i Rotzko ho féu al seu davant, seguint el seu costum de viatge. Ambdós menjaren amb molt gana i, un cop acabat el sopar, es retiraren a les seves cambres.

Com que el comte i Rotzko no havien intercanviat ni deu paraules durant el sopar, Jonàs no va poder barrejar-se en la seva conversa, amb gran recança per part seva. D'altra banda, Franz de Telek semblava ser poc comunicatiu. Pel que fa a Rotzko, després d'haver-lo observat, Jonàs va comprendre que no li podria treure res respecte a la família del seu amo. Jonàs, doncs, s'hagué d'acontentar donant la bona nit als seus hostes. Però abans de pujar a la seva cambra, va recórrer la gran sala amb la mirada, parant un orella inquieta als més mínims sorolls de dins i de fora, mentre es deia a si mateix:

—Mentre que aquesta veu no els desperti a mitja nit...

La nit va transcórrer tranquil·lament.

L'endemà, a primera hora del dia, la notícia que dos viatgers s'hostatjaven a l'hostal del *Rei Macià* s'escampà per tot el poble i molts dels vilatans s'aplegaren davant l'hostal.

Cansats per l'excursió del dia abans, Franz de Telek i Rotzko encara dormien. No era gens probable que s'aixequessin abans de les set o les vuit del matí.

D'aquí la gran impaciència dels curiosos que malgrat

tot, no tenien el valor d'entrar a la sala gran de l'hostal fins que els dos viatgers no s'haguessin llevat.

Finalment, a les vuit en punt aparegueren els dos viatgers.

No els havia passat res de nou. Se'ls podia veure anar i venir per l'hostal. Després es varen seure per esmorzar, la qual cosa era força tranquil·litzadora.

Per altra banda, Jonàs, dempeus a la porta de l'hostal, somreia amablement, invitant els seus antics clients a retornar la confiança en l'hostal. Si el viatger que honorava el *Rei Macià* era un gentilhome —un gentilhome romanès, i d'una de les més antigues famílies romaneses—, què podien tèmer en tan noble companyia?

Finalment, va succeir que mestre Koltz, pensant que tenia el deure de donar exemple, s'aventurà a fer acte de presència.

Devers les nou, el jutge va entrar, no sense una mica de vacil·lació. Immediatament el va seguir el mestre Hermod, tres o quatre habituals de l'hostal i el pastor Frik. Al doctor Patak, havia estat impossible convèncer-lo que els acompanyés.

—Posar els peus a l'hostal de Jonàs? —havia dit—. Mai de la vida, encara que em pagués deu florins per la visita!

Aquí convé remarcar un fet, que no deixa de tenir una certa importància: Si mestre Koltz havia consentit a tornar al *Rei Macià* no havia estat pas amb l'única finalitat de satisfer un sentiment de curiositat ni per desig d'establir relacions amb el comte Franz de Telek. No! L'interès entrava en bona part en la seva determinació.

Efectivament, en la seva qualitat de viagter, el jove comte estava obligat a pagar una taxa de pasastge pel seu soldat i per ell. I cal no oblidar que aquestes taxes anaven directament a la bossa del primer magistrat de Werst.

Així doncs, el jutge va anar a fer la seva reclamació en termes molt educats, i Franz de Telek, una mica sorprès per aquella sol·licitud, s'apressà a pagar.

Fins i tot va convidar el jutge Koltz i Hermod a asseure's a la seva taula, els quals no pogueren refusar un oferiment fet amb tan bona educació.

Jonàs s'apressà a servir begudes variades, les millors del seu celler. Llavors algunes persones de Werst li encomanaren una ronda. S'hauria pogut creure que l'antiga clientela, abans dispersada, tornava a reemprendre el camí del *Rei Macià.*

Després d'haver pagat la taxa dels viatgers, Franz de Telak va voler saber si era productiva.

—No tant com voldríem, senyor comte —respongué mestre Koltz.

—¿Que potser els estrangers no visiten gaire aquesta banda de la Transilvània?

—No gaire, efectivament —contestà el jutge—. I, això, no obstant, el país mereix ser explorat.

—Això crec jo —va dir el jove comte—. Tot el que he vist m'ha semblat digne d'atraure l'atenció dels viatgers. Del del cim del Retyezat he pogut admirar les valls del Sil, els poblets escampats a la banda de l'est i aquest circ de muntanyes que tanca el massís dels Càrpats per la part de darrera.

—És molt bell, senyor comte, és molt bell —va fer el mestre Hermod—, i per completar la vostra excursió, us recomanem que pugeu al Paring.

—Em temo que no tindré temps —va contestar Franz de Telek.

—Amb un dia en tindreu prou.

—Sens dubte, però vaig a Karlsburg i faig comptes de partir demà matí.

—Què dieu? El senyor comte ens vol deixar tan aviat? —va dir Jonàs amb un aire tot amable.

No li hauria desagradat gens que els dos hostes prolonguessin la seva estada al *Rei Macià.*

—Cal que ho faci —va respondre el comte de Telek—. Per altra banda, ¿de què em serviria prolongar la meva estada aquí?

—Podeu ben creure, que la nostra vila val la pena d'aturar-s'hi uns dies —va fer observar mestre Koltz.

—Tot i això, sembla poc freqüentada —digué el jove comte—, i probablement és perquè els seus voltants no ofereixen res d'especial...

—Efectivament, res d'especial —sospirà el jutge pensant en el castell.

—Oh!... oh!... —va fer el pastor Frik, que havia deixat anar involuntàriament aquella exclamació.

Mestre Koltz i els altres el miraren furiosos, especialment l'hostaler. ¿És que calia posar un estranger al corrent dels secrets del país? ¿Calia explicar-li les coses que passaven a l'altiplà d'Orgall, atraure la seva atenció vers el castell dels Càrpats? No l'assustarien?, ¿no li farien venir ganes de fugir del poble? I en el futur, ¿quins viatgers voldrien seguir el camí de la collada de Vulkan per entrar a la Transilvània?

Realment, el pastor no demostrava tenir pas més intel·ligència que l'última de les seves ovelles.

—Calla, imbècil, calla! —li va dir en veu baixa mestre Koltz.

Però ja havien despertat la curiositat del jove comte, el qual s'adreçà directament a Frik i li va preguntar què significava la seva exclamació. El pastor no era home que tornés enrera i, en el fons, potser pensava que Franz de Telek podria donar-los un bon consell, del qual tot el poble en trauria profit.

—He dit: Oh!, oh!... senyor comte —va contestar—, i no me'n desdic.

—¿Voleu dir que pels voltants de Werst hi ha alguna meravella per visitar? —preguntà el comte.

—Alguna meravella... —intervení mestre Koltz.

—No!, no!... —contestaren els presents.

I ja s'esveraven només de pensar que un segon intent per penetrar al castell els portaria noves desgràcies.

Franz de Telek, no sense sorpresa, observà aquella bona gent, els rostres dels quals expressaven el terror de manera diversa però ben significativa.

—Doncs, què hi ha?... —preguntà.

—Què hi ha, senyor? —féu Rotzko—. Doncs bé, sembla que hi ha el castell dels Càrpats.

—El castell dels Càrpats?

—Sí... és el nom que aquest pastor m'acaba de dir a cau d'orella.

Mentre deia això, Rotzko assenyalava Frik, el qual sacsejava el cap sense gosar mirar el jutge.

Ara ja s'havia fet una esquerda al mur de la vida privada del supersticiós poble, i tota la seva història no va trigar gaire a sortir per aquella esquerda.

Mestre Koltz, que finalment s'havia decidit, va voler ser ell mateix qui expliqués la situació al jove comte, i li va contar tot el que feia referència al castell dels Càrpats.

No cal dir que Franz de Telek no va poder amagar la sorpresa que aquelles explicacions li provocaren, ni els sentiments que li suggeriren. Per bé que la seva instrucció en qüestions de ciència era mediocre, com solia passar entre els joves de la seva condició que viuen en castells al fons dels camps valaquis, era un home ben assenyat. De manera que no donava gaire crèdit a les aparicions i es reia de les llegendes. Un castell encisat per esperits era un bona cosa per excitar la seva incredulitat. En la seva opinió, no hi havia res de meravellós en les coses que li acabava d'explicar mestre Koltz, sinó únicament alguns fets més o menys establerts, als quals la gent de Werst els atribuïa un origen sobrenatural. La fumera de la torre, la campana que tocava desaforadament... eren coses que es podien explicar senzillament. Pel que feia als fulgors i als bramuls sortits dels recinte, era un pur efecte d'al·lucinació.

Franz de Telek no es va amagar de dir totes aquestes coses ni de fer-ne burla, cosa que escandalitzà els seus oients.

—Però, senyor comte —va observar mestre Koltz—, encara hi ha una altra cosa.

—Una altra cosa?...

—Sí! És impossible entrar a l'interior del castell.

—De veritat?

—El nostre guarda forestal i el doctor volgueren franquejar les murades fa uns dies, per a la tranquil·litat de tot el poble... i han estat a punt de pagar molt car el seu intent.

—Què els ha passat? —preguntà Franz de Telek amb ironia.

Mestre Koltz va explicar amb tot detall les aventures de Nic Deck i del doctor Patak.

—¿Així doncs —digué el jove comte—, quan el doctor va voler sortir del fossar va resultar que els seus peus estaven clavats a terra tan fortament que no va poder donar ni una passa?

—Ni cap envant ni cap enrera! —va afegir el mestre Hermod.

—S'ho degué creure, el doctor —contestà Franz de Telek—. Devia ser la por que l'estalonava... fins als talons!

—Està bé, senyor comte —digué mestre Koltz—. Però, ¿com s'explica l'espantosa sacsejada que va patir Nic Deck quan va posar la mà sobre la ferradura del pont llevadís?

—Un mal cop del qual en devia ser víctima...

—I tan mal cop —digué el jutge—, que d'ençà d'aquell dia està al llit.

—Però no en perill de mort, espero? —s'apressà a dir

el jove comte.

—No... afortunadament.

En realitat, allí hi havia un fet material, un fet innegable, i mestre Koltz esperava l'explicació que Franz de Telek li donaria.

Heus aquí el que va respondre el comte ben explícitament:

—En tot el que m'heu explicat, no hi ha res, ho repeteixo, que no tingui una explicació senzilla. Del que no hi ha dubte és que el castell dels Càrpats està habitat. ¿Per qui?... Ho ignoro. En tot cas, no són els esperits, són gent que tenen interès per amagar-se, després d'haver-s'hi refugiat... sens dubte es deu tractar de malfactors...

—Malfactors?... —s'exclamà mestre Koltz.

—És probable, i com que no volen que ningú els tregui del castell, us han fet creure que estava encisat per éssers sobrenaturals.

—¿Així, senyor comte —va dir el mestre Hermod—, vós penseu...?

—Penso que aquest país és molt supersticiós, que els hostes del castell ho saben i que, d'aquesta manera, s'han volgut prevenir de visites inoportunes.

Era versemblant que les coses haguessin passat així; però no és sorprenent que ningú a Werst no volgués admetre aquella explicació.

El comte va veure molt bé que no havia convençut ningú d'aquell auditori que no es volia deixar convèncer. De manera que es va limitar a afegir:

—Si no voleu creure les meves raons, senyors, continueu creient el que volgueu del castell dels Càrpats.

—Nosaltres creiem el que hem vist, senyor comte —va contestar mestre Koltz.

—I el que és —afegí Hermod.

—Està bé. Només lamento no disposar de vint-i-quatre hores més, perquè Rotzko i jo hauríem anat a visitar aquest famós castell. I us asseguro que ben aviat sabríem a què ens havíem d'atendre...

—Visitar el castell! —cridà el jutge.

—Evidentment, i ni el diable en persona no ens hauria impedit d'entrar dins el recinte.

Escoltant Franz de Telek parlar en termes tan positivistes, tan poc respectuosos, tots els presents varen ser presa d'un espant més gran encara. Tractar els esperits del castell amb tanta irreverència, ¿no era prou per atreure una catàstrofe sobre el poble?... ¿No sentien els genis tot quan es parlava a l'hostal del *Rei Macià*? ¿No tornarien a sentir una altra vegada la veu?

I, pensant en això, mestre Koltz va explicar al comte en quines condicions el guarda forestal havia estat amenaçat personalment amb un càstig terrible si s'entestava a voler descobrir els secrets del castell.

Franz de Telek va arronsar les espatlles: llavors es va aixecar dient que no s'havia pogut sentir mai una veu dins aquella sala, en les condicions que pretenien els habitants de Werst. Tot allò, afirmava, només existia doncs en la imaginació de clients massa crèduls i una mica massa afeccionats a l'aiguardent del *Rei Macià*.

En sentir això, alguns dels presents es dirigiren cap a la porta. No tenien ganes de quedar-se més temps al mateix lloc on aquell jove escèptic gosava sostenir tals afirmacions.

Franz de Telek els va aturar amb un gest.

—Definitivament, senyors —els va dir—, ja veig que la vila de Werst està sota l'imperi de la por.

—No és sense motiu, senyor comte —va respondre mestre Koltz.

—Doncs bé, tenim mitjans per acabar amb les maquinacions que, segons vosaltres, hi ha al castell dels Càrpats. Demà passat jo seré a Karlsburg i, si ho voleu, puc prevenir les autoritats de la ciutat. Us enviaran una esquadra de soldats o d'agents de policia, i us asseguro que aquests valents sabran com fer-ho per entrar al castell, ja sigui per caçar els farsants que es burlen de la vostra credulitat, sigui per arrestar els malfactors que potser preparen una mala jugada.

Era una proposta molt acceptable, però, no va ser del gust dels notables de Werst. Si se'ls havia de creure, ni els soldats, ni la policia, ni tot un exèrcit sencer no podrien fer res en contra d'aquells éssers sobrehumans que, per defensar-se, disposaven de procediments sobrenaturals.

—Ara que hi penso, senyors —va interrompre el comte—, encara no m'heu dit a qui pertany o pertanyia el castell dels Càrpats...

—A una antiga família del país, la família dels barons de Gortz —va respondre mestre Koltz.

—La família de Gortz? —s'exclamà Franz de Telek.

—Sí, aquesta mateixa.

—La família del baró Rodolf?...

—Sí, senyor comte.
—I sabeu què n'ha estat, d'ell?
—No. Fa molts anys que el baró de Gortz no ha tornat al castell.
Franz de Telek va empal·lidir i, maquinalment, repetia amb veu alterada:
—Rodolf de Gortz!

IX

La família dels comtes de Telek, una de les més antigues i il·lustres de Romania, ja tenia un rang considerable abans que el país hagués conquerit la independència a començaments del segle XVI. Involucrada en totes les peripècies polítiques que formen la història d'aquestes terres el nom d'aquesta família hi és inscrit gloriosament.

Actualment, menys afavorida que el famós faig del castell dels Càrpats, al qual li queden encara tres branques, la casa de Telek es veia reduïda a una de sola, la branca dels Telek de Craiova, l'últim brot de la qual era aquell jove gentilhome que acabava d'arribar a Werst.

Durant la seva infantesa, Franz no havia sortit mai del castell patrimonial, on vivien el comte i la comtesa de Telek. Els descendents d'aquesta família gaudien d'una gran consideració i feien un ús generós de la seva fortuna. Portaven una vida tranquil·la i fàcil típica de la noblesa del camp, i a penes deixaven el castell de Craiova una vegada l'any, quan els seus negocis els cridaven al llogarret del mateix nom, i això que el poble només era unes quantes milles lluny.

Aquesta forma de vida influí necessàriament en l'educació del fill únic, i Franz es ressentiria molt de temps del medi on havia passat la seva joventut. Per instructor va tenir un vell capellà italià que no li va poder ensenyar res més del que sabia, i no sabia gran cosa. De manera que l'infant, convertit en jove, només havia adquirit uns coneixements molt insuficients sobre ciències, arts i literatura contemporània. Els passatemps normals del jove comte foren caçar amb passió, córrer nit i dia pels boscos i les planures, perseguir cérvols o senglars, atacar, amb el ganivet a la mà, les ferés de les muntanyes. I com que era molt valent i resolt, va realitzar veritables proeses en aquells exercicis tan rudes.

La comtessa de Telek va morir quan el seu fill tenia a penes quinze anys, i encara no havia fet el jove els vint-i-un quan va morir el comte en un accident de caça.

El dolor del jove Franz va ser extrem. Va plorar el pare com havia plorat la mare. Un i altra l'havien deixat en pocs anys. Tota la seva tendresa, tot el que el seu cor amagava d'impulsos afectuosos, fins aleshores s'havien concentrat en l'amor filial, la qual cosa pot ser suficient per a les expansions de la primera edat i de l'adolescència. Però quan li va mancar l'amor, com que no havia tingut mai amics i el seu preceptor també havia mort, es de Craiova, d'on no en volia sortir. Hi vivia sense inten-va trobar sol al món.

El jove comte encara va quedar-se tres anys al castell de Craiova, d'on no en volia sortir. Hi vivia sense intentar establir relacions amb l'exterior. Amb prou feines va anar una o dues vegades a Bucarest, i encara perquè alguns afers l'obligaven. I sempre eren absències curtes, perquè frisava de tornar a la seva llar.

Però aquella existència no podia durar, i Franz va acabar per sentir la necessitat d'ampliar el seu horitzó que estava estretament limitat per les muntanyes romaneses.

El jove comte tenia al voltant dels vint-i-tres anys quan va decidir viatjar. La seva fortuna li permetria satisfer amb escreix els seus nous gustos. Un dia va abandonar el castell de Craiova als vells servidors i va deixar el país valaqui. Amb ell hi anava Rotzko, un antic soldat romanès que feia ja deu anys que estava al servei de la família de Telek i que havia estat el company del jove comte en totes les expedicions de caça. Era un home coratjós i decidit, totalment dedicat al seu amo.

La intenció del jove comte era visitar Europa i estar uns mesos a les capitals i ciutats importants del continent. Considerava, i no li mancava raó, que la seva instrucció, que només havia estat esbossada al castell de Craiova, podria completar-se amb les ensenyances d'un viatge, que ara preparava curosament en tots els seus detalls.

Primer de tot va voler visitar Itàlia, car parlava força correctament l'italià que el vell capellà li havia ensenyat. L'atracció d'aquella terra, tan rica en records i vers la qual se sentia tan atret, va fer que s'hi quedés quatre anys. Només deixava Venècia per anar a Florència, o Roma per Nàpols, i sempre tornava a aquells centres d'art dels quals no se'n sabia anar. França, Alemanya, Espanya, Rússia, Anglaterra... ja visitaria més tard aquests països, fins i tot els estudiaria amb més profit, li semblava, quan l'edat hagués madurat les seves idees. Per contra, cal tenir tota l'efervescència de la joventut per gaudir de l'encís de les grans ciutats italianes.

Franz de Telek tenia vint-i-set anys quan va anar a Nàpols per darrera vegada. No comptava passar-hi més que alguns dies, abans d'anar a Sicília. Volia acabar el seu viatge amb la visita a l'antiga *Trinacria:* després tornaria al castell de Craiova per reposar-hi un any.

Una circumstància inesperada canviaria, no solament els seus plans, sinó que decidiria sobre la seva vida i en decidiria el curs.

Durant els anys viscuts a Itàlia, si bé el comte no havia guanyat gaire per la banda de les ciències, per les quals no sentia cap aptitud, almenys li havia estat revelat el sentiment de la bellesa com la llum a un cec. Amb l'esperit obert als esplendors de l'art, s'entusiasmava davant les obres mestres de la pintura quan visitava els museus de Nàpols, de Venècia, de Roma i de Florència. Alhora, els teatres li havien donat a conèixer les obres líriques de l'època i s'havia apassionat per la interpretació dels grans artistes.

Va ser durant la seva última estada a Nàpols, i en unes circumstàncies particulars que explicarem, quan un sentiment de naturalesa més íntima, d'una penetració més intensa, li omplí el cor.

En aquella època hi havia al teatre San Carlo una cantant molt famosa, la veu pura de la qual, el mètode perfecte, el joc dramàtic, aconseguien l'admiració dels entesos. Fins llavors, Stilla no havia buscat mai els aplaudiments a l'estranger, i no cantava altra música que no fos la italiana, que estava en primera fila dins l'art de la composició. El teatre de Carignan a Torí, la Scala a Milà, la Fenice a Venècia, l'Alfieri a Florència, l'Apollo a Roma i el San Carlo a Nàpols se la disputaven, i els èxits que hi aconseguia no li feien lamentar no haver trepitjat encara altres escenaris d'Europa.

Stilla, que aleshores tenia vint-i-cinc anys, era d'una bellesa incomparable, amb la cabellera llarga de reflexos daurats, els ulls negres i profunds plens de flames, la puresa dels trets, la pell tèbia, les formes del cos que el cisell d'un Praxitel·les no hauria pogut tallar amb més perfecció. I aquesta dona era una artista sublim, una altra Malibran, de la quál Musset hauria pogut dir també:

I els teus cants s'emporten el dolor cap al cel!

Però aquesta veu que el més estimat dels poetes va celebrar en els seus versos immortals:

...aquesta veu del cor que només al cor arriba,

aquesta veu era la d'Stilla en tota la seva magnificència.

No obstant això, aquella gran artista que reproduïa amb tanta perfecció els accents de la tendresa, els sentiments més poderosos de l'ànima. deien que mai el seu cor no n'havia experimentat els efectes. No havia estimat mai, els seus ulls no havien respost mai als milers d'esguards que l'embolcallaven damunt l'escena. Semblava que només volia viure de i per al seu art.

Des de la primera vegada que va veure Stilla, Franz va experimentar les emocions irresistibles del primer amor. De manera que, renunciant al projecte de deixar Itàlia després d'haver visitat Sicília, va decidir quedar-se a Nàpols fins al final de la temporada. Com si una força invisible que no tenia la força de rompre l'hagués lligat a la cantant, assistia a totes les representacions, i a totes l'entusiasme del públic les transformava en veritables triomfs. Moltes vegades, incapaç de dominar la seva passió, Franz havia intentat acostar-se a Stilla: però la seva porta era sempre tancada, tant per a ell com per a tots els altres admiradors fanàtics.

I per això el comte es va convertir en el més desgraciat dels homes. Només pensava en ella, només vivia per veure-la i sentir-la, i no volia crear altres relacions amb el món, que el cridava pel seu nom i per la seva fortuna. Sota aquesta tensió de cor i d'esperit, no va trigar gaire que la seva salut es va ressentir seriosament. I com hauria arribat a patir si hi hagués hagut algun rival! Però ell sabia que ningú no li podia fer ombra —ni tan sols un personatge força estrany, que el fil d'aquesta història obliga que fem conèixer.

Era un home de cinquanta o cinquanta-cinc anys —aquesta era, almenys, l'edat que hom li feia quan Franz

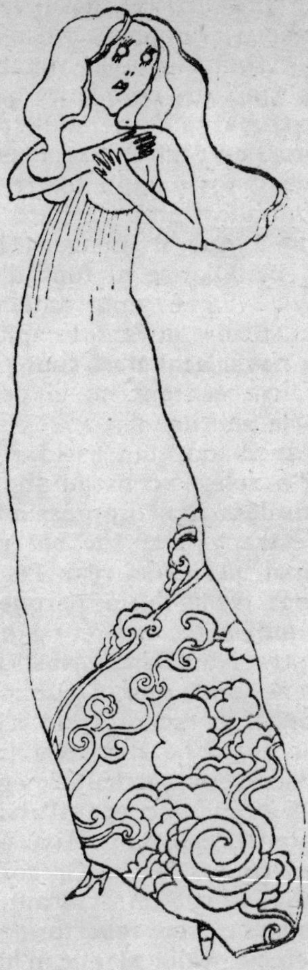

de Telek va fer el seu últim viatge a Nàpols—. Aquell ésser poc comunicatiu semblava que es mantenia al marge de les convencions socials acceptades per les classes altes. No se sabia res de la seva família, de la seva situació, del seu passat. Se'l trobava avui a Roma, demà a Florència... cal dir que això era quan Stilla era a Roma o a Florència. En realitat, només tenia una passió: escoltar la *prima donna* més famosa del seu temps, que llavors ocupava el primer lloc en l'art del cant.

Si Franz de Telek només vivia per a Stilla des del dia que l'havia vista per primera vegada al teatre de Nàpols, feia ja sis anys que aquell home excèntric només vivia per sentir-la cantar, i semblava que la veu de la cantant li era tan necessària per a viure com l'aire que respirava. No havia intentat mai trobar-la fora de l'escena, no s'havia presentat mai a casa seva ni li havia escrit. Però sempre que Stilla cantava, fos a quin teatre fos, es veia entrar un home alt, embolicat amb un llarg abric fosc, amb un barret d'ala ampla que li amagava la cara. Aquest home s'apressava a instal·lar-se al fons d'una gran llotja enreixada, que havia llogat amb antelació, i s'estava tancat, immòbil i silenciós, durant tota la representació. Llavors, quan Stilla havia acabat el cant final, se n'anava furtivament i cap altre cantant no el podia retenir: ni tan sols no els hauria sentits.

Qui era aquell espectador tan assidu? Stilla havia intentat assabentar-se'n sense aconseguir-ho. I com que la dona era d'una naturalesa molt impressionable, la presència d'aquell home estrany havia acabat per espantar-la; era una por irracional, però ben real. Per bé que ella no el podia veure al fons de la llotja, perquè ell no baixava mai la reixa, la cantant sabia que era allí, sentia la seva mirada que la fitorava i això la trasbalsava tant que ni sentia els aplaudiments amb què el públic la rebia.

Hem dit que aquest personatge no s'havia presentat mai davant Stilla. Però si bé no havia intentat mai conèixer la dona —insistirem particularment sobre aquest punt—, tot el que li podia recordar l'artista havia estat objecte de la seva atenció constant. Així, posseïa el retrat més bell que el gran pintor Miche Gregorio havia fet de la cantant, apassionada, sublim, vibrant, encarnant un dels papers més bells del seu repertori; i aquell retrat, valorat el seu pes en or, valia el que n'havia pagat l'admirador.

Aquell original personatge anava sempre sol a la llotja; no sortia mai de casa seva excepte per anar al teatre; però això no vol dir que vivia en un aïllament absolut. No. Un company, no menys estrany que ell, compartia la seva existència.

Aquell individu es deia Orfanik. ¿Quina edat tenia, d'on venia, on havia nat? Ningú no podria respondre aquestes preguntes. Si l'escoltaves —i era garlaire de mena—, deia que era un d'aquells savis desconeguts, el geni dels quals no s'ha pogut donar a conèixer i que sentien hostilitat pel món. Se suposava, i no sense raó, que devia ser algun pobre diable, un inventor que s'aprofitava dels diners del ric diletant

Orfanik era d'estatura mitjana, magre, escarransit, demacrat, un personatge d'aquells que en llenguatge popular se'n diu pollós. Com a particularitat, portava un ull tapat amb un drap negre. El devia haver perdut en algun dels seus experiments d'inventor. Sobre el nas hi lluïen unes ulleres espesses, de les quals només utilitzava la part esquerra: a través del vidre hi guaitava un ull verdós. Durant les seves passejades solitàries, gesticulava i feia ganyotes, com si parlés amb algun ésser invisible que l'escoltava sense contestar-li mai.

Aquells dos tipus, l'estrany meloman i el no menys estrany Orfanik, eren força coneguts en aquelles ciutats d'Itàlia, on se'ls veia regularment durant la temporada teatral. Tenien el privilegi d'excitar la curiositat pública i, si bé l'admirador de Stilla sempre s'havia negat a concedir entrevistes als indiscrets periodistes, la gent havia acabat per conèixer el seu nom i la seva nacionalitat. Aquell personatge era d'origen romanès i, quan Franz de Telek va preguntar com es deia, li respongueren:

—És el baró Rodolf de Gortz.

Així estaven les coses quan el jove comte acabava d'arribar a Nàpols. Al cap de dos mesos el teatre de San Carlo continuava omplint-se a cada representació i l'èxit de Stilla augmentava cada vespre. La cantant no havia estat mai tan admirable en els diversos papers del seu repertori; mai no havia provocat unes ovacions tan entusiàstiques com llavors.

A cada representació, mentre Franz ocupava una butaca de platea, el baró de Gortz, ocult al fons de la seva llotja, es fonia dins aquell cant sublim, s'impregnava d'aquella veu penetrant que, semblava que si li faltés no podria viure.

Va ser llavors quan va començar a córrer un rumor per Nàpols, un rumor que ningú no volia creure però que començava a alarmar el món dels afeccionats a la música.

Es deia que, acabada la temporada, Stilla deixaria el teatre. Era impossible! Amb el seu talent extraordinari, a la plenitud de la seva bellesa, en el punt màxim de la seva carrera artística... ¿era possible que pensés retirar-se?

Per inversemblant que fos, era veritat i, sens dubte, el baró de Gortz era, en part, causa d'aquesta decisió

Aquell espectador misteriós, sempre present per bé que invisible darrera la reixa de la seva llotja, havia arribat a provocar a Stilla una emoció tan nerviosa i persistent que ja no la podia resistir més. Des del moment que sortia a escena, se sentia tan impressionada, tan pertorbada que fins i tot el públic ho notava i, a més, l'havia posada malalta. No n'hi hauria hagut prou amb deixar Nàpols, fugir a Venècia, a Roma. Ella sabia que això no la podria lliurar de la presència del baró de Gortz. Ni se'n podria lliurar encara que anés a Alemanya, a Rússia o a França. Ell la seguiria per tot allà on aniria a cantar i, per lliurar-se d'aquella presència obsessiva, l'única manera era deixar el teatre. Feia ja dos mesos, abans que hagués començat a córrer el rumor de la retirada, que Franz de Telek s'havia decidit a apropar-se a la cantant. Les conseqüències d'aquella decisió serien, malauradament, irreparables. El jove comte, lliure, amo d'una gran fortuna, havia sabut fer-se admetre a casa de Stilla i li havia ofert convertir-la en comtessa de Telek.

Feia temps que Stilla coneixia els sentiments del jove comte. Trobava que era un gentilhome al qual tota dona, fins i tot la més important del món, hauria desitjat confiar-li la seva felicitat. I es trobava amb un estat d'esperit tal que, quan Franz de Telek li va oferir el seu nom, el va acollir amb una simpatia que no va intentar dissimular. Amb una fe total en els sentiments del jove comte, la cantant va accedir a convertir-se en la muller del comte de Telek, i no li feia cap recança deixar la carrera artística.

Així doncs, la notícia era certa: Stilla no tornaria mai més a cap teatre un cop acabada la temporada al San Carlo. El seu casament, que la gent ja sospitava, va ser donat per cosa certa.

Aquella notícia va produir molt d'efecte, no solament en el món artístic sinó també entre l'alta societat italiana. La gent, després d'haver-se negat a creure en la realitat d'aquell projecte, no varen tenir més remei que acceptar-ho. Llavors el jove comte es va convertir en el centre de gelosies i odis. Ell era qui arrabassava a l'art, a l'èxit, a la idolatria dels diletants, la cantant més gran de l'època. Va rebre amenaces personals, de les quals el jove comte no en va fer ni esment. Però, si entre el públic passava això, imagineu què li devia passar al baró Rodolf de Gortz només de pensar que li prendrien Stilla i que, amb ella, perdria tot el que el lligava a la vida. Va córrer la veu que havia intentat suïcidar-se. El cert és que, a partir d'aleshores, ja no es va veure Orfanik passejar-se pels carrers de Nàpols. Ja no deixava per res el baró Rodolf, i fins i tot l'acompanyà algunes vegades a la seva llotja de San Carlo, cosa que no havia fet mai, perquè com d'altres savis, era absolutament refractari a l'encís de la música.

Els dies passaven però l'emoció no encalmava, i arribaria al punt màxim la nit que Stilla faria la darrera actuació. Representava el paper d'Angèlica, de l'*Orlando*, aquella peça mestra del mestre Arconati. Amb aquest paper diria adéu al seu públic.

Aquella nit, el teatre San Carlo va ser deu vegades petit per agombolar els espectadors que s'atapeïen a les portes. La majoria hagueren de restar a fora. Es temien les manifestacions contra el comte de Telek, si no mentre duraria la representació, almenys quan el teló baixaria després del cinquè acte de l'òpera.

El baró de Gortz ja s'havia instal·lat a la seva llotja i aquesta vegada al seu costat hi seia Orfanik.

Stilla va aparèixer, més emocionada que mai. Emperò, es va refer, es va abandonar a la inspiració i va cantar amb tanta perfecció, amb un talent tan incompatible, que seria impossible expressar-ho. L'entusiasme indescriptible del públic va arribar al deliri.

Durant la representació, el jove comte havia esperat entre bastidors, impacient, nerviós, febrós. No es podia moderar, l'irritaven la llargada dels actes, maleïa els retards provocats pels aplaudiments. Ah!, com li costava arrabassar del teatre la dona que s'havia de convertir en comtessa de Telek! Com li costava poder endur-se-la lluny, ben lluny, i només per a ell, per a ell sol!

Arribà el moment de la dramàtica escena on mor l'heroïna d'*Orlando*. La música admirable d'Arconati no havia semblat mai tan penetrant, mai Stilla no l'havia interpretada amb accents tan apassionats. Sembla que la seva ànima es fonia entre els llavis... I, no obstant això, s'hauria dit que aquella veu, a vegades esquinçada, estava a punt de trencar-se, aquella veu que no sentirien mai més!

En aquell instant, la reixa de la llotja del baró de Gorzt es va abaixar. Un cap extrany, de cabells llargs i grisencs, ulls de foc, es va deixar veure. Aquell rostre estàtic estava paorosament descolorit i, d'entre bastidors, Franz el va veure per primera vegada a plena llum. Stilla es deixava endur en aquells moments per la impressionant *fuga* del cant final... Acabava de dir aquesta frase d'un sentiment sublim:

Innamorata, mio cuore tremante,
Voglio morire...

De sobte, s'atura...

El rostre del baró de Gortz l'aterroritza... Un esglai inexplicable la paralitza... Es posa la mà a la boca, que es tenyeix de sang... Fa tentines... Cau...

El públic s'ha posat dempeus, palpitant, enfollit, al límit de l'angoixa... Un crit s'escapa de la llotja del baró de Gortz...

Franz es precipita a l'escenari, alça la Stilla en braços... la mira... la crida...

—Morta!... Morta... —crida—. Està morta!...

Stilla és morta... Una vena se li ha trencat dins el pit... El seu cant s'ha extingit amb el seu últim alè...

El jove comte va ser portat a l'hotel. Es temia per la seva raó, en l'estat que es trobava. No va poder assistir als funerals de la Stilla, als quals hi assistiren una immensa gentada.

Al cementiri del *Campo Santo Nuovo*, on va ser inhumada la cantant, podeu llegir aquest nom sobre un marbre blanc:

STILLA

La nit dels funerals un home va anar al *Campo Santo Nuovo*. Els ulls enfollits, el cap baix, els llavis serrats com si la mort ja hagués passat, va contemplar molt de temps el lloc on la Stilla estava enterrada. Semblava que escoltava, com si la veu de la gran artista hagués d'escapar de la tomba per última vegada...

Aquell home era Rodolf de Gortz.

Aquell mateix vespre, el baró de Gortz i Orfanik se n'anaren de Nàpols i, després de la seva marxa, ningú no hauria pogut dir què se n'havia fet. Però l'endemà va arribar una carta a l'adreça del jove comte.

Aquella carta només contenia uns mots lacònics i amenaçants:

«Sou vós qui l'heu matada! Maleït sigueu, comte de Telek!

»*Rodolf de Gortz*».

X

Aquesta era la lamentable història.

Durant un mes, l'existència de Franz de Telek va estar en perill. No reconeixia ningú —ni tan sols el soldat Rotzko—. En el deliri provocat per la febre, només un nom li sortia dels llavis, a punt del darrer sospir: era el nom de Stilla.

El comte escapà de la mort. L'habilitat dels metges, el desvetllament constant de Rotzko i també la joventut i la naturalesa, varen fer que Franz de Telek escapés a la mort. La seva raó va sortir intacta d'aquell gran trasbals. Però quan el record tornà a ell, quan recordà la tràgica escena final de l'*Orlando*, en la qual s'havia trencat l'ànima de l'artista, es va posar a cridar:

—Stilla!... Stilla estimada! —i estirava els braços com si encara anés a aplaudir.

Quan el comte es va poder llevar, Rotzko va aconseguir que acceptés deixar aquella ciutat maleïda, que volgués tornar al castell de Craiova. Tot i això, abans d'abandonar Nàpols, el comte va voler anar a resar a la tomba de la morta, va voler anar a donar-li el darrer adéu.

Rotzko el va acompanyar al *Campo Santo Nuovo*. Franz es va deixar caure sobre aquella terra cruel, intentava cavar amb les ungles per enterrar-s'hi ell també... Rotzko el va poder arrossegar lluny de la tomba on estava colgada tota la felicitat del comte.

Alguns dies després, Franz de Telek, de retorn a Craiova, al fons del país valaqui, havia vist de bell nou l'antic castell de la seva família. Dins aquest castell va viure durant cinc anys en un aïllament absolut. Es negava a sortir. Ni el temps, ni la distància no havien fet minvar el seu dolor. Li hauria calgut oblidar, però això era impossible. El record de Stilla, viu com el primer dia, estava massa lligat a la seva existència. La seva mort havia estat una d'aquelles ferides que només es guareixen amb la mateixa mort.

Això no obstant, a l'època que comença aquesta història, el jove comte havia sortit del castell des de feia unes quantes setmanes. Quin treball no havia tingut Rotzko per decidir el seu amo a trencar aquella solitud mortal! Que Franz no s'aconsolés, passi; però almenys era indispensable que intentés distreure el seu dolor.

El comte havia desfet un pla de viatge per visitar primer de tot les províncies transilvanes. Més tard —així ho esperava Rotzko—, el jove comte consentiria a reemprendre aquell viatge a través d'Europa que havia estat interromput pels tristos esdeveniments de Nàpols.

Així doncs, Franz de Telek havia partit per fer unes excursions de poca durada. Rotzko i ell havien remuntat les planures valaquis fins al massís imponent dels Càrpats; s'havien endinsat entre els congosts de la collada de Vulkan; llavors, després de l'ascensió al Retyezat i d'una excursió a la vall del Maros, havien anat a descansar a Werst, a l'hostal del *Rei Macià*.

Ja sabem quin era l'estat d'esperit dels habitants del poble en el moment en què Franz de Telek hi arribà, i com l'havien posat al corrent dels fets incomprensibles que havien tingut per teatre el castell dels Càrpats. Ja sabem també com s'havia assabentat que el castell pertanyia al baró Rodolf de Gortz.

L'efecte produït per aquest nom sobre la persona del comte havia estat massa evident perquè mestre Koltz i els altres no se n'haguessin adonat. I, a més, Rotzko va enviar al diable mestre Koltz per haver-lo pronunciat. ¿Quina mala sort havia fet que Franz de Telek anés a raure precisament a la vila de Werst, veïna del castell dels Càrpats?

El comte romania en silenci. El seu esguard anava d'uns a altres i demostrava el profund trasbals de la seva ànima, trasbals que intentava vanament calmar.

Mestre Koltz i els altres comprengueren que un lligam misteriós devia unir el comte de Telek al baró de Gortz;

però, per molt encuriosits que estaven, varen mantenir una convenient reserva i no insistiren a saber més. Ja veurien més tard què hi hauria de nou.

Uns instants després tothom se n'havia anat del *Rei Macià*, val a dir que molt intrigats per aquell extraordinari encadenament d'aventures que, per altra banda, no presagiava res de bo per al poble.

I ara que el jove comte sabia a qui pertanyia el castell dels Càrpats, compliria la seva promesa? En arribar a Karlsburg, avisaria les autoritats i en reclamaria la intervenció? Això era el que es preguntaven el jutge, el mestre, el doctor i els altres. Fos com fos, si el comte no ho feia, mestre Koltz estava decidit a fer-ho ell mateix. Avisarien la policia, la policia pujaria al castell, comprovarien si estava encantat per esperits o habitat per malfactors. La veritat era que el pobre no podia estar-se més temps amb aquella obsessió.

Segons la major part dels habitants, aquella temptativa seria inútil, ineficaç. Lluitar contra genis!... Els sabres dels gendarmes es trencarien com vidre, els fusells fallarien tots els trets!

Franz de Telek va quedar sol a la gran sala del *Rei Macià* i en deixar volar els records que el nom del baró de Gortz havien evocat tan dolorosament. Després d'estar una hora com desesmat, es va aixecar, va sortir de l'hostal, es va dirigir cap a l'extrem de la terrassa i va mirar al lluny. A la gropa del Plesa, al centre de l'altiplà d'Orgall, es dreçava el castell dels Càrpats. Allí havia viscut aquell estrany personatge, l'espectador del teatre San Carlo, l'home que inspirava un esglai insuportable a la malaurada Stilla. Però ara el castell estava abandonat i el baró de Gortz no hi havia tornat d'ençà que havia fugit de Nàpols. S'ignorava què se n'havia fet, d'ell, i fins i tot era possible que hagués posat fi a la seva vida, després de la mort de la gran artista.

Franz es perdia pel camp de les suposicions. No sabia on aturar-se. Per una banda, l'aventura del guarda forestal Nic Deck el preocupava en certa mesura, i li hauria agradat descobrir-ne el misteri, encara que només fos per tranquil·litzar la població de Werst.

I com que el comte no dubtava que eren malfactors els qui s'havien refugiat en el castell, va resoldre complir la promesa de descobrir les maniobres dels falsos esperits: avisaria la policia de Karlsburg.

Tot i això, per poder actuar millor, Franz volia tenir més detalls sobre aquell afer. El millor que podia fer era parlar amb el guarda forestal en persona. Per això, a les tres de la tarda, abans de tornar al *Rei Macià,* es va presentar a cal jutge.

Mestre Koltz va sentir-se molt honorat de rebre'l, un gentilhome com el senyor comte de Telek... descendent d'una noble família de raça romanesa... al qual la vila de Werst li deuria haver recobrat la calma... i també la prosperitat... perquè ara els turistes tornarien a visitar el país... i a pagar els drets de peatge, sense haver de tèmer res dels genis malèfics del castell dels Càrpats..., etc.

Franz de Telek va agrair a mestre Koltz els seus compliments i li va preguntar si no tindria inconvenient de presentar-lo a Nic Deck.

—Cap inconvenient, senyor comte —va respondre el jutge—. Aquest noi és fort i valent, no crec que trigui gaire a poder reincorporar-se a la seva feina.

I girant-se a la seva filla, que acabava d'entrar a la sala, li va dir:

—No és veritat, Miriota?

—Déu ho vulgui, pare! —contestà la noia amb veu emocionada.

Franz va quedar encisat de la graciosa salutació que li donà la noia. I en veure-la encara inquieta per l'estat del seu promès, s'apressà a demanar-li noves sobre aquest punt.

—Segons m'han dit, Nic Deck no va ser ferit greument...

—No, senyor comte —respongué Miriota—, i que el Cel en sigui beneït!

—Teniu un bon metge a Werst?

—Mmm! —va rondinar mestre Koltz, amb un to que no era gaire afalagador per l'antic infermer de la quarantena.

—Tenim el doctor Patak —digué Miriota.

—¿El que acompanyava Nic Deck al castell dels Càrpats?

—Sí, senyor comte.

—Senyoreta Miriota —va dir llavors el comte—. Pel seu bé, m'agradaria veure el vostre promès i que ell em donés detalls més precisos d'aquesta aventura.

—Us els donarà, senyor comte, encara que això li costi una mica de fatiga.

—Oh, no us preocupeu, Miriota. No abusaré ni faré res que pugui molestar el vostre promès.

—Ja ho sé, senyor comte.

—Per a quan teniu fixat el vostre casament?...

—D'aquí a quinze dies —va respondre el jutge.

—Doncs, m'agradaria poder assistir-hi, si mestre Koltz té a bé convidar-m'hi...

—Senyor comte... aquest honor...

—D'acord, doncs... d'aquí a quinze dies. I estic segur que Nic Deck ja estarà guarit, sobretot quan es pugui permetre fer una passejada amb la seva bonica promesa.

—Que Déu us protegeixi, seyor comte! —va respondre la noia tota enrojolada.

I en aquell moment, la seva carona va expressar una angoixa tan visible que Franz li'n va demanar la causa.

—Sí!, que Déu el protegeixi —va respondre Miriota—, perquè, quan intentava entrar dins el castell malgrat les amenaces, Nic va desafiar els genis malèfics!... I qui sap si no s'acarnissaran en ell i el turmentaran tota la vida!...

—Oh, no us preocupeu per això, Miriota —va respondre Franz—. Ja hi posarem remei.

—No li passarà res al meu pobre Nic?...

—No res. I gràcies als agents de policia, d'aquí a uns dies tothom podrà recórrer el recinte del castell tan tranquil·lament com la plaça de Werst!

El jove comte va creure inoportú parlar més d'aquesta qüestió amb unes persones tan reticents sobre aquell punt, i va pregar Miriota que l'acompanyés a la cambra del guarda forestal.

La noia s'apressà a acompanyar-lo i va deixar Franz sol amb el seu promès.

Nic Deck ja estava assabentat de l'arribada de dos viatgers a l'hostal del *Rei Macià.* Assegut en una vella butaca, llarga i acollidora, es va aixecar per rebre el seu visitant. Ja no es ressentia gairebé de la paràlisi que l'havia immobilitzat i estava en condicions de respondre a les preguntes del comte de Telek.

—Senyor Deck —digué el comte després d'haver encaixat amistosament amb el jove guarda—, primer de tot us demanaré si creieu en la presència d'ésser sobrenaturals al castell dels Càrpats.

—Per força hi haig de creure, senyor comte —va respondre Nic Deck.

—Així doncs, ¿devien ser ells qui us impediren de saltar la muralla del castell?

—No hi ha cap dubte.

—I per què, si us plau?

—Perquè si no hi hagués genis, el que m'ha passat seria inexplicable.

—¿Voldríeu contar-me punt per punt tot el que us va passar, sense deixar cap detall?

—Amb molt de gust, senyor comte.

Nic Deck li va contar fil per randa el que li havia passat, i tot coincidia amb el que li havien explicat els altres habitants de Werst a l'hostal del *Rei Macià.* Però el comte, ja ho sabem, donava una explicació purament natural a tots aquells fets.

En definitiva, els esdeveniments d'aquella nit d'aventures eren fàcilment explicables si els éssers humans, malfactors o no, que ocupaven el castell, tenien la maquinària capaç de produir tals efectes fantasmagòrics.

Quant a la pretensió singular del doctor Patak d'haver-se sentit encadenat a terra per una força invisible, es podia assegurar que el pobre home havia estat joguina d'una il·lusió. El que era possible és que les cames li haguessin fet figa simplement perquè estava mort de por, i això és el que Franz declarà al jove guarda forestal.

—Això no és possible, senyor comte —va dir Nic Deck—. No pot ser que precisament li fallessin les cames quan volia fugir, aquest covard!...

—Doncs bé —va continuar Franz—, admetem que va posar els peus dins una trampa amagada sota les herbes del fons del fossar...

—Quan els paranys es tanquen —respongué el guarda forestal— fereixen cruelment i esquincen la carn, i les cames del doctor Patak no tenien cap ferida...

—La vostra observació és justa, Nic Deck, però no obstant això, creieu-me, si és cert que el doctor no es va poder moure, és que els seus peus devien quedar retinguts d'aquesta manera...

—Jo us demano, doncs, ¿com és possible que un parany s'obri tot sol per tornar a deixar en llibertat el doctor?

Franz no va saber què respondre.

—De tota manera, senyor comte, no puc afirmar res de cert pel que fa al doctor. En realitat, només puc assegurar les coses que jo sé per mi mateix...

—Sí... deixem el valent doctor i parlem del que us va

passar a vós, Nic.

—El que em va passar és molt clar. No hi ha cap dubte que vaig rebre un sacseig terrible, i que fou d'una manera no gaire natural.

—Teníeu alguna ferida al cos, després? —va preguntar Franz.

—Cop ni una, senyor comte, i no obstant això, vaig rebre un cop d'una gran violència...

—¿Just en el moment en què havíeu posat la mà sobre la ferradura del pont llevadís, oi?...

—Sí, senyor comte. Just la vaig tocar i em vaig sentir com paralitzat. Afortunadament, estava agafat a la cadena amb l'altra mà i no la vaig deixar anar. Vaig poder lliscar fins al fons del fossar, on el doctor em va aixecar sense sentits.

Franz brandava el cap. Semblava que aquelles explicacions no li podien esborrar la seva incredulitat.

—Vejam, senyor comte —va continuar Nic Deck—, això que us he contat no ho he somiat pas i, si durant vuit dies no m'he pogut moure, ni he pogut bellugar el braç ni la cama, no crec que sigui gaire raonable dir que tot això són figuracions meves!

—No pretenc dir això... És ben cert que heu rebut una commoció brutal...

—Brutal i diabòlica!

—No, en això sí que no estem d'acord, Nic Deck —va respondre el jove comte—. Vós creieu que tot això és obra d'un ésser sobrenatural i jo no ho crec pas, entre d'altres coses perquè no hi ha éssers sobrenaturals, ni benèfics ni malèfics.

—I doncs, senyor comte, ¿em podríeu explicar tot això que m'ha passat?

—Encara no puc, Nic Deck, però estigueu cert que tot s'explicarà, i de la manera més senzilla.

—Déu ho vulgui! —va dir el guarda.

—Digueu-me —va preguntar Franz—. ¿Aquest castell ha estat sempre propietat de la família de Gortz?

—Sí, senyor comte, i encara ho és, per bé que l'últim descendent de la família, el baró Rodolf, va desaparèixer sense que ningú mai no n'hagi tornat a saber noves.

—I quin temps fa d'aquesta desaparició?

—Uns vint anys.

—Vint anys?...

—Sí, senyor comte. Un dia, el baró Rodolf va abandonar el castell, i l'últim servidor va morir uns mesos després de la seva partida. D'aleshores ençà no se l'ha tornat a veure.

I des de llavors ningú no ha entrat al castell?

—Ningú.

—I què diu la gent del país?

—Diuen que el baró Rodolf devia morir a l'estranger, i que devia morir molt poc temps després d'haver marxat del castell.

—En això s'equivoquen, Nic Deck. El baró vivia encara... fa uns cinc anys...

—Vivia, senyor comte?

—Sí... a Itàlia... a Nàpols...

—Vós l'hi heu vist?...

—Sí.

—I de cinc anys ençà?...

—No n'he sentit parlar més.

El guarda forestal va quedar-se capficat. Havia tingut un pensament —un pensament que no gosava formular. Per fi es va decidir. Va aixecar el cap i amb les celles arrufades digué:

—¿I no podria ser, senyor comte, que el baró Rodolf de Gortz hagués tornat al seu país amb la intenció d'amagar-se al fons del castell?...

—No, Nic Deck, no podria ser...

—Quin interès podria tenir per amagar-se... per no deixar que ningú arribés fins a ell?...

—Cap ni un —va respondre Franz de Telek.

I no obstant això, aquella idea començava a prendre cos dins l'esperit del jove comte. ¿No era possible que aquell personatge, l'existència del qual sempre havia estat tan enigmàtica, hagués vingut a refugiar-se al seu castell després de marxar de Nàpols? Allí li hauria estat molt fàcil, gràcies a les creences supersticioses, alimentades hàbilment, de mantenir-se aïllat, de defensar-se contra tota investigació inoportuna, donat que coneixia la credulitat de la gent del país.

Tot i això, Franz va creure que era inútil explicar a la gent de Werst aquesta hipòtesi. Hauria calgut explicar-los també uns fets massa íntims. I, a més, no hauria convençut ningú. Això ho va comprendre quan Nic Deck va dir:

—Si és el baró Rodolf que viu al castell, cal creure que el baró Rodolf és el diable, perquè només el diable m'hauria pogut tractar d'aquesta manera! Franz va canviar el tema de la conversa, perquè no volia continuar parlant del baró. Quan va haver utilitzat tots els mitjans per tranquil·litzar el xicot sobre les conseqüències de la seva temptativa, va començar a convèncer-lo perquè no la tornés a intentar. Aquella no era feina seva, sinó de les autoritats, de la policia de Kalsburg, que sabrien desfer el misteri del castell dels Càrpats.

Llavors el comte es va acomiadar de Nic Deck recomanant-li que es guarís ben aviat, a fi de no haver de retardar el casament amb Miriota, al qual prometia assistir.

Absort en les seves reflexions, Franz tornà al *Rei Macià* d'on no va tornar a sortir en tot el dia.

A les sis de la tarda, Jonàs els va servir el sopar a la sala gran, on, per un lloable sentiment de reserva, no hi anaren ni mestre Koltz ni ningú del poble, ja que no volien molestar la solitud del comte.

Devers les vuit, Rotzko va dir al comte:

—No em necessiteu per res, senyor?

—No, Rotzko.

—Doncs vaig a la terrassa a fumar una pipa.

—Està bé, Rotzko.

Mig estirat en una butaca Franz va deixar córrer els seus pensaments pel curs inoblidable del passat. Era a Nàpols durant l'última representació del teatre San Carlo... Veia el baró de Gortz en el moment en que va deixar-se veure, el cap fora de la llotja, la vista fixada ardentment sobre l'artista, com si l'hagués volguda fascinar...

Llavors el pensament del comte va anar a raure a aquella carta firmada per l'estrany personatge, aquella carta que l'acusava a ell, Franz de Telek, d'haver matat Stilla...

Perdut entre els records, Franz sentia que la son el guanyava a poc a poc. Però encara estava en aquell estat en que és possible percebre el més petit soroll quan es va produir un fenomen sorprenent.

Va semblar que una veu, dolça i modulada, passava a través d'aquella sala on Franz estava sol, ben sol.

Sense preguntar-se si somia o no, Franz s'aixeca i escolta.

Sí! Diria que una boca s'ha acostat a la seva orella i que uns llavis invisibles deixen anar l'expressiva melodia de Stefano, inspirada per aquestes paraules:

Nel giardino de' mille fiori,
Andiamo, mio cuore...

Franz coneixia aquella romança... Aquella romança, d'una suavitat inefable, l'havia cantada Stilla durant el concert que havia donat al teatre San Carlo abans de la representació de comiat...

Com bressolat, sense adonar-se'n, Franz s'abandona a l'encís de sentir-la una vegada més...

Llavors la frase s'acaba i la veu, que disminueix de mica en mica, es fon entre les vibracions de l'aire.

Franz torna en si... S'ha aixecat bruscament... Reté l'alè, intenta captar algun eco llunyà d'aquella veu que li arriba al cor...

Tot és silenci a dins i a fora.

—La seva veu!... —mormola—. Era la seva veu... La veu que he estimat tant!

Després, retornant a la realitat:

—M'havia adormit... somiava... —digué.

XI

L'endemà, el jove comte es despertà a l'alba, amb l'esperit encara trasbalsat per les visions de la nit.

A la matinada havia de partir de Werst per emprendre el camí de Kolosvar. Després de visitar les viles industrials de Petroseny i de Livadzel, la intenció de Franz era d'estar un dia sencer a Karlsburg abans de fer una temporada d'estada a la capital de la Transilvània. A partir d'allí, el tren el conduiria a través de les províncies de l'Hongria central, última etapa del seu viatge.

Franz havia sortit de l'hostal i es passejava per la terrassa. Amb els prismàtics, examinava amb una emoció profunda els contorns del castell, que el sol llevant perfilava prou netament sobre l'altiplà d'Orgall. Les seves reflexions el portaven a aquest punt: ¿un cop arribat a Karlsburg, compliria la promesa que havia fet a la gent de Werst? ¿Avisaria la policia del que passava al castell dels Càrpats?

Quan Franz de Telek s'havia compromès a tornar la calma al poble, tenia la íntima convicció que el castell servia de refugi a una banda de malfactors o, almenys, a persones sospitoses que tenien interès a no ser vistes i s'havien inventat aquelles maniobres perquè ningú no s'acostés al castell.

Però Franz havia reflexionat durant la nit. Les seves idees havien canviat i ara vacil·lava.

Efectivament, feia cinc anys que l'últim descendent de la família de Gortz havia desaparegut, i ningú no sabia que se n'havia fet. Sens dubte, havia corregut el rumor que havia mort, poc temps després d'haver marxat de Nàpols. Però, què hi havia de veritat en tot allò? ¿Quina prova hi havia de la seva mort? ¿Era possible que el baró encara fos viu, i si vivia, per què no podia haver retornat al castell dels seus avantpassats? Orfanik, l'únic familiar que se li coneixia, el podia haver acompanyat. Aquell estrany físic, ¿no podia ser l'autor i el director d'aquells fenòmens que mantenien en espant constant la gent del país? Aquest era l'objecte de les reflexions de Franz.

Cal convenir que aquella hipòtesi era prou plausible, i si el baró Rodolf de Gortz i Orfanik havien buscat refugi al castell, és comprensible que l'haguessin volgut fer inabordable, amb el fi de fer-hi la vida aïllada que pertocava als seus costums i al seu caràcter.

I si tot allò era així, què havia de fer el jove comte? ¿Era convenient que intervingués en els afers privats del baró de Gortz? Es preguntava això, mirava el pro i el contra de la qüestió, quan Rotzko va anar a trobar-lo a la terrassa.

El comte li va voler fer saber les seves idees sobre l'afer:

—Senyor —va respondre Rotzko—, és possible que sigui el baró De Gortz qui es dedica a tots aquests embolics diabòlics. Doncs bé, si és així, sóc del parer que no ens hi hem de ficar. Els covards de Werst ja se'n sortiran com sàpiguen, això és cosa seva, i nosaltres no ens hem de preocupar per retornar la calma al poble.

—Ben mirat —va respondre Franz—, penso que tens raó, estimat Rotzko.

—Jo també ho penso, senyor —va contestar senzillament el soldat.

—Pel que fa a mestre Koltz i als altres, ara ja saben què han de fer per acabar amb els suposats esperits d'aquest castell.

—Així és, senyor. Només han d'avisar la policia de Karlsburg.

—Partirem després d'esmorzar, Rotzko.

—Tot estarà a punt, senyor.

—Però abans de tornar a baixar a la vall del Sil, farem una volta cap al Plesa.

—I per què, senyor?

—M'agradaria veure de més a prop aquest castell tan singular.

—Per què?...

—Un caprici, Rotzko. Un caprici que no ens retardarà més de mig dia.

A Rotzko no li va agradar gens aquella decisió, que si més no li semblava inútil. Hauria volgut evitar tot allò que pogués recordar massa vivament al jove comte el passat. Però aquella vegada no hi havia res a fer. El seu amo havia pres una resolució inflexible.

I era que Franz —com si patís alguna influència irresistible— se sentia atret cap al castell. Sense adonar-se'n, potser aquella atracció anava lligada al somni dins el qual havia sentit la veu de la Stilla que murmurava la melodia planyívola de Stefano.

Però, havia estat en realitat un somni?... Sí! Mireu el que es preguntava, recordant que, dins aquella mateixa sala del *Rei Macià*, ja s'havia deixat sentir una veu —aquella veu amenaçadora que Nic Deck no havia volgut escoltar. Amb la disposició mental en què es trobava el comte, no és sorprenent que tingués el projecte d'anar cap al castell dels Càrpats, de pujar fins al peu de les muralles, sense pensar, però, entrar-hi.

És evident que Franz de Telek havia decidit no dir res del seu projecte als habitants de Werst. Aquella gent serien capaços d'unir-se a Rotzko per treure-li del cap la idea d'anar al castell. Per això havia manat al soldat que no digués res de les seves intencions. En veure'l baixar del poble cap a la vall del Sil, ningú no dubtava que fos per prendre el camí de Karlsburg. Des de la terrassa, s'havia adonat que un altre camí anava des de la base del Retyezat fins a la collada de Vulkan. Així doncs, seria possible remuntar les gropes del Plesa sense haver de passar de bell nou per Werst i, per tant, sense ser vist per mestre Koltz i els altres.

A mig dia, després d'haver pagat la factura una mica inflada que li presentà Jonàs, Franz s'acomiadà de l'hostaler amb un somriure i es va disposar a marxar.

El jutge Koltz, la bonica Miriota, el mestre Hermod, el doctor Patak, el pastor Frik i molts altres habitants de Werst havien vingut a acomiadar-lo. El jove guarda forestal s'havia pogut aixecar i era evident que no trigaria gaire a estar bé del tot, de la qual cosa l'antic infermer s'atribuïa tot el mèrit.

—Rebeu la meva felicitació, Nic Deck —li digué Franz—, a vós i a la vostra promesa.

—Us estem molt agraïts —va dir la noia, exultant de

felicitat.

—Que tingueu bon viatge, senyor comte —va afegir el guarda.

—Sí... que Déu us escolti! —va respondre Franz amb el front arrugat.

—Senyor comte —digué llavors mestre Koltz—, us preguem que no oblideu de fer les gestions que ens heu promès a Karlsburg.

—No ho oblidaré, mestre Koltz —va respondre Franz—. Però si per cas em retardo en la meva excursió, vós coneixeu tan bé com jo una manera ben senzilla de lliurar-vos d'aquest veïnatge inquietant... i ben aviat el castell no inspirarà cap temor a la població de Werst.

—Això és fàcil de dir... —va murmurar Hermod.

—I de fer —va respondre Franz—. Abans de quaranta vuit hores, si voleu, els gendarmes se les hauran amb els éssers que s'amaguen al castell.

—Excepte en el cas, molt probable, que siguin esperits —va observar el pastor Frik.

—I en aquest cas també —va respondre Franz amb un arronsament d'espatlles imperceptible.

—Senyor comte —va dir llavors el doctor Patak—, si ens haguéssiu acompanyat a Nic i a mi, potser ara no parlaríeu així!

—No ho crec, doctor —va respondre Franz—. Potser m'hauria trobat com vós, tan singularment retingut pels peus, al fons del fossar del castell...

—Pels peus... Doncs sí, senyor comte... millor dit, per les botes! A menys que no pretengueu que... en l'estat d'esperit... em que jo em trobava... hagués somiat...

—No pretenc res, senyor —va respondre Franz—, ni intentaré explicar-vos allò que us sembla inexplicable. Però tingueu per cert que si els gendarmes fan una visita al castell dels Càrpats, les seves botes, que estan acostumades a la disciplina, no s'arrelaran a terra com les vostres.

Dit això al doctor, el comte va rebre per última vegada els honors de l'hostaler del *Rei Macià*, tan honorat d'haver tingut l'honor d'hostatjar l'honorable Franz de Telek, etc... Després de saludar mestre Koltz, Nic Deck, la seva promesa i tots els habitants reunits a la plaça, va fer una senyal a Rotzko i tots dos baixaren a bon pas pel camí que porta a la collada.

En menys d'una hora, Franz i el seu soldat assoliren

la vora dreta del riu, que remuntaren seguint la base meridonal del Retyezat.

Rotzko s'havia resignat a no fer cap observació al seu senyor: hauria estat temps perdut. Acostumat com estava a obeir-lo militarment, si el comte es llançava a alguna aventura perillosa, ell sabria com salvar-lo del perill.

Després de dues hores de caminar, Franz i Rotzko s'aturaren per descansar una mica.

En aquell indret, el Sil valaqui, que havia girat lleugerament cap a la dreta, s'acostava al camí amb un revolt molt marcat. A l'altra banda, sobre l'elevació del Plesa, s'arrodonia l'altiplà d'Orgall, només a una mitja milla de distància. Convenia, doncs, abandonar el Sil, perquè Franz volia travessar la collada amb el fi d'arribar fins al castell.

Evidentment, per evitar passar altre cop per Werst, havien fet una marrada del doble de la distància que separa el castell del poble. No obstant això, encara faria claror quan Franz i Rotzko arribarien a la cresta de l'altiplà d'Orgall. El jove comte tindria temps d'observar el castell des de fora. Llavors esperaria fins al capvespre i baixarien pel camí de Werst, que podrien seguir amb la certesa de no ser vistos per ningú. Franz tenia la intenció de passar la nit a Livadzel, poblet situat a la confluència dels dos Sils, i l'endemà emprendre el camí de Karlsburg.

El descans durà una mitja hora. Franz, absort en els seus records, agitat per la idea que el baró de Gortz hagués amagat la seva existència al castell, no va dir ni un mot...

Va caldre que Rotzko s'imposés una gran reserva per no dir-li:

«Es inútil que anem més lluny, senyor!... Girem l'esquena a aquest castell maleït i anem-nos-en!»

Tots dos començaren a seguir el tàlveg de la vall. En un principi es varen haver d'endinsar per una arbreda, que no era solcada per cap caminol. Hi havia parts del terra profundament escrotonades perquè, a l'època de les pluges el Sil se sol desbordar de tant en tant, i les seves aigües fan torrents tumultuosos que converteixen el terreny en pantans. Això va posar algunes dificultats a la marxa i, en conseqüència, una mica de retard. Trigaren una hora per arribar al camí de la collada de Vulkan, la qual varen afranquir cap a les cinc.

El flanc dret del Plesa no està cobert per aquells boscos que Nic Deck va haver de creuar obrint-se camí a destralades; però presentava dificultats d'una altra mena. Tot el camí estava ple d'esllavissaments de pissarra, entre els quals s'hi havien d'aventurar amb molta precaució; desnivells bruscos, falles profundes, blocs de roca mal assegurats sobre la seva base, que es dreçaven com els blocs gelats dels Alps; tot era una barreja i amuntegament de pedres enormes, que els allaus havien precipitat des del cim de la muntanya: un veritable caos en tot el seu horror.

Pujar aquell pendís en aquelles condicions els va costar una hora bona d'esforços penosos. Veritablement, semblava que el castell dels Càrpats s'hauria pogut defensar amb la sola impracticabilitat dels seus encontorns. Potser Rotzko esperava trobar obstacles tan insalvables que farien impossible continuar, però tots foren salvats.

Més enllà de la zona dels blocs de pedres i de les esllavissades, varen assolir la cresta anterior de l'altiplà d'Orgall. Des d'aquella punta, el castell es perfilava netament en aquell desert silenciós, d'on, des de feia tants anys, l'espant allunyava els habitants del país.

Cal remarcar que Franz i Rotzko anaven a abordar el castell per la murada lateral, la que està orientada al nord. Nic Deck i el doctor Patak havien arribat per la muralla de l'est perquè, en costejar l'esquerra del Plesa, havien deixat a la dreta el torrent del Nyad i el camí de la collada. Les dues direccions, efectivament, dibuixaven un angle molt obert, el vèrtex del qual era la torre central. Per altra banda, hauria estat impossible entrar al recinte per la part nord, perquè no solament no hi havia ni poterna, ni pont llevadís, sinó que la muralla, seguint les irregularitats de l'altiplà, s'elevava fins molt amunt.

Però no importava que fos impossible l'accés per aquella banda, perquè el jove comte no pensava franquejar les muralles del castell.

Eren dos quarts de vuit quan Franz de Telek i Rotzko s'aturaren al límt extrem de l'altiplà d'Orgall. Davant d'ells s'aixecava aquell recinte ferotge, cobert d'ombres, que confonia el seu color amb les pedres velles de Plesa. A l'esquerra, la muralla feia una brusca colzada, protegida pel bastió d'angle. Era allí, sobre el terraplè, al costat del bastió, protegit per la muralla emmerletada, que s'alçava el faig, les branques retorçudes del qual eren el testimoni de les violentes bufades del vent del sud-oest.

El cert era que el pastor Frik no s'havia equivocat, ni gens ni mica. Si es feia cas de la llegenda, al castell només li quedaven tres anys de vida.

Franz, silenciós, mirava el conjunt d'aquelles construccions, dominades per la torre central. Allí, sens dubte, sota aquell amuntegament de pedres, encara hi havia sales amb el sostre de clau de volta, vastes i sonores, llargs passadissos laberíntics, recambrons secrets, amagats al subsòl, com els que encara avui posseeixen les fortaleses magiars.

Cap altra mena d'habitatge no hauria convingut millor al darrer descendent de la família dels Gortz, per tal d'enterrar-se en un oblit total. I quan més hi pensava el jove comte, més hi creia: Rodolf de Gortz s'havia refugiat entre els contraforts aïllats del seu vell castell dels Càrpats. Però no hi havia res que fes pensar en la presència d'hostes a l'interior de la torre. Ni un bri de fum s'escapava de les xemeneies, ni un soroll se sentia a través de les finestres tancades hermèticament. Res —ni un crit d'ocell— no destorbava el misteri del casalot tenebrós.

Durant alguns moments, Franz observà aquell recinte que temps enrera s'havia omplert amb les músiques de les festes i el tritlleig de les armes. Però callava de tant com es veia submergit en records dolorosos.

Rotzko que volia deixar sol amb els seus pensaments el comte, s'havia mantingut apartat. No es va permetre interrompre els pensaments del seu amo amb cap mena d'observació. Però quan el sol caigué per darrera el massís del Plesa, i la vall dels dos Sils s'omplí d'ombres, Rotzko no dubtà més:

—Senyor —va dir—. Fa fosca... Aviat seran les vuit...

Franz no semblà entendre'l.

—És hora d'anar-nos-en, senyor —insistí Rotzko—. Si volem arribar a Livadzel abans que els hostals no hagin tancat.

—Un moment, Rotzko... encara un moment i podrem partir... —contestà Franz.

—Ens caldrà una hora ben bé, senyor, per arribar al camí de la collada i com que ja serà negra nit podrem travessar-la sense que ningú no ens vegi.

—Uns minuts, encara —li va contestar Franz— i retornarem al poble.

El comte no s'havia mogut del lloc on s'havia aturat un cop va arribar a l'altiplà d'Orgall.

—No oblideu, senyor —continuà Rotzko—, que a plena nit ens serà difícil de passar entre les roques... Amb prou feines hi hem pogut passar a plena llum... perdoneu-me que insisteixi...

—Sí, tens raó... Anem-nos-en, Rotzko, et segueixo...

Semblava talment com si Franz fos retingut davant del castell, qui sap si per un d'aquells pressentiments secrets que el cor té, tot i que li costa adonar-se'n. Romania, potser, encadenat a terra, com deia el doctor Patak que hi havia quedat ell al fons del fossar, al peu de la muralla...

No! Les seves cames eren lliures, res no les lligava, res no les retenia... Podia anar i venir per l'altiplà, i, si hagués volgut, hauria pogut voltar la muralla, seguint el penya-segat...

I qui sap si ho volia.

Això mateix pensava Rotzko que finalment es decidí a dir, un cop més:

—Anem, senyor?...

—Sí, sí... —contestà Franz.

I romangué immòbil.

L'altiplà d'Orgall ja era fosc del tot. L'ombra allargassada de la carena feia incerta la tossa del castell. Aviat no seria visibles res, si no sorgia la llum de les finestres estretes de la torre.

—Au, senyor, anem-nos-en! —repetí un cop més Rotzko.

I Franz es disposava a seguir-lo, quan al cim del bastió davant del qual s'alçava el faig llegendari, aparegué una forma vaga...

Franz s'aturà i mirà aquella forma, el perfil de la qual s'accentuà a poc a poc.

Era una dona amb els cabells desfets, les mans esteses, vestida amb una túnica blanca.

Però aquell vestit... ¿que potser no era el que duia Stilla a l'escena final de l'*Orlando,* on Franz de Telek l'havia vista per darrera vegada?

Sí!, era Stilla, immòbil, els braços en direcció cap a Franz, la seva mirada tan penetrant dirigida cap a ell...

—Ella... Ella! —cridà el comte.

I precipitant-s'hi, hauria rodolat al fons del fossar, si Rotzko no l'hagués agafat pel braç.

L'aparició desaparegué de sobte. Stilla s'havia mostrat amb prou feines un minut...

No tenia importància! Un segon hauria bastat a Franz

per reconèixer-la. Se li escaparen unes paraules:
—Ella... Ella... viva!

XII

Era possible? Stilla, a qui Franz de Telek no pensava tornar a veure mai més, acabava d'aparèixer-li a la terrassa del bastió!... Sí, certament era la gran artista, vestida amb la seva túnica d'Angèlica, tal i com s'havia presentat al públic en la seva sessió de comiat al teatre de San Carlo.

L'espantosa veritat esclatà als ulls del comte de Telek. Aquella dona adorable, que havia d'esdevenir la comtessa de Telek, estava tancada des de feia cinc anys enmig de les muntanyes de Transilvània. Aquella que Franz havia vist caure a escena, no havia mort! Mentre tothom se la imaginava morta al seu hotel, el baró de Gortz havia pogut entrar a la seva habitació, raptar-la i endur-se-la al seu castell dels Càrpats, i el taüt que tota la població havia vist al *Campo Santo Nuovo* de Nàpols, no era més que un taüt buit!

Tot allò li semblava increïble, inadmissible, repulsiu. Era una mena de prodigi, era inversemblant i Franz s'ho hauria d'haver repetit fins l'obstinació... Sí!... Però un fet dominava els altres: Stilla havia estat raptada pel baró de Gortz, ja que era al castell!... Vivia, perquè Franz acabava de veure-la al cim de la muralla!... D'això en tenia la més absoluta certesa.

El comte intentava posar ordre a les seves idees, que, d'altra banda, es resumien en una: alliberar Stilla de Rodolf de Gortz del qual feia cinc anys que era presonera en el castell dels Càrpats!

—Rotzko —digué Franz amb veu tremolosa—, escolta'm... sobretot fes d'entendre'm... em sembla que estic perdent la raó...

—Senyor... estimat senyor...

—Haig d'arribar fins ella, costi el que costi... aquesta nit mateix...

—No, demà...

—Aquesta nit, et dic... M'ha vist com jo l'he vista a ella... M'espera...

—Doncs bé, senyor, us segueixo...

—No... Hi aniré sol.

—Sol?

—Sí.

—¿Però com podreu entrar al castell, si Nic Deck no va poder?

—Hi entraré, et dic.

—La poterna és tancada...

—No pas per a mi... Cercaré... Trobaré una escletxa... Hi entraré...

—¿No voleu que us acompanyi, senyor... No ho voleu?

—No!... Ens separarem, si ens separem em podràs ajudar millor...

—Us haig d'esperar aquí?

—No, Rotzko.

—Què haig de fer, doncs?

—Has d'anar a Werst... —contestà Franz—. O millor, no val la pena que la gent del poble ho sàpiga... Vés a Vulkan on passaràs la nit. Si demà no em veus, a primera hora del matí te'n vas de Vulkan... No, millor... m'esperes unes hores... Després, si no m'has vist, te'n vas a Karlsburg... Allí avisaràs el cap de policia... Li ho explicaràs tot... Després tornes amb els agents... Si cal, que assaltin el castell... Allibera-la!... Ah, Déu meu... Viva i en poder de Rodolf de Gortz!...

I a mida que el comte pronunciava aquestes paraules entretallades, Rotzko veia com creixa l'excitació del seu senyor i com es manifestava que Franz de Telek havia perdut el domini d'ell mateix.

—Vés-hi, Rotzko —digué un cop més.

—Ho voleu així, senyor?

—Així ho vull!

Davant d'aquella situació, Rotzko no sabia què fer. D'altra banda, Franz s'havia allunyat d'ell i el soldat ja no el veia.

Rotzko es va estar uns instants al mateix lloc, sense decidir-se a partir. Aleshores pensà que Franz no podria travessar la muralla, que tots els seus esforços serien inútils, que es veuria obligat a tornar a Vulkan... potser l'endemà o potser aquella mateixa nit... Tots dos anirien aleshores a Karlsburg i allò que ni el guarda forestal ni Franz no haurien pogut fer, ho farien amb els agents de l'autoritat... Agafarien Rodolf de Gortz, alliberarien la pobra Stilla... I no deixarien pedra sobre pedra d'aquell castell dels Càrpats, encara que tots els dimonis el volguessin defensar. I Rotzko començà a baixar pels pendissos de l'altiplà d'Orgall, camí de la collada de Vulkan.

Mentre, Franz de Telek, seguint la muralla, ja havia voltat el bastió de l'angle que la flanquejava a l'esquerra.

Mil pensaments creuaven el seu esperit. No hi havia dubtes, ja, sobre la presència del baró de Gortz al castell, donat que Stilla hi era empresonada... Només podia ser el baró... Stilla viva!... ¿Però com s'ho faria Franz per arribar fins ella? Com se l'enduria fora del castell?... No ho sabia... però calia que ho fes... Els obstacles que Nic Deck no havia pogut vèncer, ells els venceria... No era la curiositat la que l'empenyia a entrar en aquelles ruïnes. Era la passió, el seu amor per aquella dona que ara tornava a trobar viva... Sí, viva!... Després d'haver-la creguda morta!

L'arrabassaria de les mans del baró de Gortz!

En veritat, Franz s'havia adonat que no podria entrar al castell com no fos per la banda sud, on hi havia la poterna i el pont. Així, adonant-se que no valia la pena intentar l'escalada de les muralles, les continuà vorejant, seguint la cresta de l'altiplà d'Orgall.

De dia, aquell camí no li hauria significat cap mena de dificultat. Però en plena nit, la lluna encara no havia sortit —una nit espessa a causa de les bromes que es condensen a muntanya—, aquell camí era prou difícil. Al perill d'un pas en fals, al perill de relliscar i caure al fossar, s'hi afegia el de topar amb les roques i provocar un allau.

Franz avançava el més aprop possible del penya-segat, tentejant amb el peu i la mà per tal de no allunyar-se'n gaire. Sostingut per una força sobrehumana, se sentia, a més a més, guiat per un instint extraordinari que no podia enganyar-lo.

Més enllà del bastió hi havia la muralla sud, en la qual s'obria la poterna, quan el pont-llevadís era abaixat.

A partir del bastió els obstacles semblava que es multiplicaven. Entre les roques enormes que omplien l'altiplà, seguir el penya-segat del fossar era gairebé impossible i Franz hagué d'allunyar-se'n. Imagineu-vos algú intentant guiar-se en plena nit per un camp de Carnac, amb els dòlmens i els menhirs col·locats sense cap mena d'ordre. I ni una lluor que el guiés, ni una guspira que trenqués les ombres espesses d'aquella nit tan fosca que no permetia ni veure la torre central.

Malgrat tot, Franz avançava. Enfilant-se a una roca, arrossegant-se per terra, amb les mans sagnants per les esgarrinxades dels cards i de la brossa, amb la sensació dels cops d'ala de les rata-pinyades a la cara, que xocaven amb ell i s'allunyaven amb aquella mena d'esgarip llòbrec que els és habitual.

Ah! ¿Per què no repicava la campana de l'antiga capella com ho havia fet per a Nic Deck i el doctor Patak? ¿Per què aquell resplendor intens que els havia embolcallat, no s'encenia ara per damunt dels merlets de la torre? Franz hauria avançat cap aquell so, cap aquella lluor, com un mariner s'orienta amb les sirenes d'alarma o amb els raigs de llum d'un far.

No!... No hi havia res més que la negror de la nit que limitava la seva mirada a poques passes més enllà d'on era.

La marxa durà gairebé una hora. A causa de la inclinació del terra, Franz va creure que s'havia perdut. ¿Que poser havia depassat la poterna? ¿Que potser havia anat més enllà del pont llevadís?...

S'aturà neguitós. Cap on havia d'anar? S'enrabià només de pensar que potser li caldria esperar l'alba... Però aleshores la gent del castell el veurien... no podria agafar-los per sorpresa... Rodolf de Gortz estaria previngut...

Era aquella nit, aquella mateixa nit que Franz havia de penetrar en el castell... I el comte no aconseguia d'orientar-se enmig de la foscor! Se li escapà un crit. Un crit de desesperança:

—Stilla! —cridà—. Stilla meva!...

¿Pensava, potser, que la presonera podria sentir-lo i contestar-li?

Més de vint vegades, no obstant això, cridà aquest nom que l'eco del Plesa li retornà des de la llunyania.

De sobte, els ulls de Franz s'obriren impressionats. Una lluor lliscava per l'ombra, una lluor prou viva, el focus de la qual devia ser situat a bastant altura.

—Allí és el castell... allí! —es digué Franz.

I, veritablement, per la posició que tenia, aquella llum podia provenir de la torre central.

Donada la sobreexcitació que el dominava, Franz no dubtà a creure que era Stilla qui li enviava ajut. No hi havia cap mena de dubte: Stilla l'havia reconegut, quan ell l'havia vista al capdamunt del bastió. I ara era ella qui li enviava aquell senyal, era ella qui li indicava el camí que havia de seguir per arribar a la poterna.

Franz es dirigí cap aquella resplendor, l'esclat de la qual creixia a mida que s'hi apropava. Com que s'havia desviat massa cap a l'esquerra, es veié obligat a pujar una vintena de passes a la dreta i després d'algunes temptatives arribà al penya-segat del fossar.

El llum brillava davant seu i per l'alçada on era, podia assegurar que sortia d'una de les finestres de la torre.

Franz hauria d'enfrontar-se, encara, amb els darrers obstacles, qui sap si insuperables!

Com que el pont llevadís era aixecat i la poterna tancada, no tenia altra solució més que baixar al fossar, al peu de la muralla... Però què faria amb una muralla de més de cinquanta peus d'alçada?

Franz s'atansà al lloc on es recolzava el pont llevadís quan la poterna era oberta...

El pont era abaixat.

Sense ni temps de pensar-hi, Franz creuà l'empostissat i tocà la porta amb la mà...

La porta s'obrí.

Franz es precipità a l'interior. Però amb prou feines havia fet deu passes quan sentí el pont que s'aixecava i tornava a tancar la poterna.

El comte Franz de Telek era presoner en el castell dels Càrpats.

XIII

La gent del país o els viatgers que creuen la collada de Vulkan només coneixen l'aspecte exterior del castell dels Càrpats. A la respectuosa distància que la por feia aturar els més valents de Werst, el castell semblaba un munt de pedres d'un castell en ruïnes.

Però, a l'interior de la muralla, el castell era tan ruinós com semblava part defora? No. Protegit per les muralles gruixudes, el castell conservava les seves construccions feudals intactes i encara hauria pogut hostatjar tota una guarnició.

Enormes sales de volta, soterranis profunds, passadissos inacabables, patis amb les lloses amagades per les herbes, cellers on no hi arribava mai la llum del dia, escales fetes a la paret, casamates il·luminades només per les escletxes de la muralla, la torre central de tres pisos, amb sales encara habitables, i una terrassa coronada de merlets; i entre totes les construccions interiors, passadissos que no s'acabaven mai, capriciosament laberíntics que pujaven fins els terrats dels bastidors o que baixaven fins les entranyes dels fonaments, hi havia algunes cisternes on es recollia l'aigua de pluja, l'excedent de la qual s'escolava fins el Nyad, túnels llarguíssims, que no estaven tapats com es pensava, i que menaven fins la collada de Vulkan —tot això era el conjunt del castell dels Càrpats, el plànol geomètric del qual era tan complicat com el dels laberints de Porsenna, de Lemnos o de Creta.

Talment Teseu, per conquerir la filla de Minos, Franz tenia un sentiment intens, irresistible que l'estirava a través dels meandres infinits d'aquell edifici. Hi trobaria el fil d'Ariadna, com l'heroi grec?

Franz només tenia un pensament: penetrar al castell. I ho havia aconseguit! Potser li hauria calgut fer-se aquesta reflexió: Per què el pont llevadís, aixecat fins ara, semblava haver-se abaixat només que per cedir-li el pas? Potser li hauria calgut preguntar-se per què la poterna s'havia tancat tan sobtadament un cop ell ara dins el castell?... Però Franz no hi pensava. Finalment era dins el castell on Rodolf de Gortz retenia Stilla, i estava disposat a perdre la vida per reunir-se amb la noia.

La galeria, a l'interior de la qual s'havia aventurat Franz, llarga, ampla, de volta baixa, estaba submergida en la foscor i les seves lloses desiguals, no permetien caminar-hi amb pas gaire ferm.

Franz s'acostà a la paret esquerra i l'anà seguint, recolzant-se en un parament calcinós que s'esbocinava en tocar-lo. No sentia cap soroll, com no fossin les seves petjades que provocaven ressonàncies llunyanes. Un corrent d'aire tebi, carregat d'olor de vell, l'empenyia per l'esquena com si hi hagués alguna obertura a l'altre extrem d'aquella galeria. Després de passar una columna de pedra que s'alçava a mà esquerra, Franz trobà l'entrada d'un passadís bastant més estret que la galeria. Si obria els braços tocava amb les mans ambdues parets del passadís. El comte avançà corredor endins, tentinejant de peus i mans, ajupit, intentant endevinar si el corredor seguia una línea recta.

A dues-centes passes de l'entrada, Franz s'adonà que el passadís voltava cap a l'esquerra per prendre, cinquanta passes més endavant, un sentit absolutament contrari. Aquell passadís menava fins la muralla o bé fins la torre central?

Franz apressà el pas; però ara topava amb una pedra sobresortint, ara amb una giragonsa del passadís. De tant en tant, trobava alguna obertura en la paret del corredor que s'obria a una ramificació lateral. Però tot era tan fosc, tan insondable que no aconseguia orientar-se en aquell laberint, veritable obra de talps.

Franz s'havia d'aturar de tant en tant, perquè temia trobar una trapa que no aguantés el seu pes i que el fes caure en un forat del qual no pogués sortir-se'n sol. Quan el terra sonava a buit, el comte s'agafava a les parets per por de caure. Malgrat tot, avançava a bon pas, sense temps de reflexionar.

Això no obstant, Franz s'adonava que, com que encara no havia ni pujat ni baixat, es trobava a nivell dels patis interiors que hi havia entre els diversos recintes i tal vegada aquell passadís desembocaria al peu de la torre central, davant l'escala que hi pujava.

Indubtablement hi havia d'haver un camí més curt entre la poterna i els edificis centrals del castell. Efectivament, quan la família de Gortz vivia al castell hi havia una segona porta, davant la poterna que s'obria al pati d'armes, enmig del qual s'alçava la torre central. Però aquesta segona porta havia estat tapiada i Franz ni tan sols en trobà el lloc.

Havia passat una hora d'ençà que el comte havia entrat al castell i s'havia perdut pels passadissos del castell, sense sentir cap soroll, com no fossin les seves passes, i sense ni gosar cridar el nom d'Stilla, perquè la seva veu s'hauria sentit a les cambres de la torre. El comte, però, no perdia el coratge i estava disposat a continuar avançant fins que perdés les seves forces o fins que trobés un obstacle insalvable que li barrés el pas.

El comte, sense adonar-se'n, estava extenuat. No havia menjat res des que havia sortit de Werst. Tenia fam i set. El seu pas ja no era tan segur, les cames li feien figa. La seva respiració era fatigosa i el seu cor bategava precipitadament.

Devien ser les nou quan Franz, en moure el seu peu esquerre no va tocar terra. S'ajupí curosament i amb la mà palpà de primer un esglaó i després un altre.

Allí hi havia una escala.

¿Aquella escala que s'enfonsava en els fonaments del castell, tindria sortida?

Malgrat tot, Franz no dubtà a endinsar-se per l'escala, comptant els esglaons que hi havia.

Setanta-set esglaons va baixar, fins arribar a un segon replà horitzontal que es perdia enllà en múltiples i foscos giravolts.

D'aquesta manera, el comte arribà a caminar durant mitja hora més fins que retut de cansament s'aturà. Fou llavors quan distingí un punt de llum a dues o tres-centes passes més enllà.

D'on venia aquella llum? ¿Era només un fenomen natural, l'hidrogen d'un foc follet que s'havia encès allí baix? ¿O bé era un fanal portat per alguns dels habitants del castell?

—Serà Stilla? —es preguntà amb veu tremolosa Franz.

I li vingué al cap que havia estat una llum similar la que li havia indicat l'entrada del castell quan estava perdut entre les roques de l'altiplà d'Orgall. Si havia estat Stilla qui li havia indicat per mitjà de la llum l'entrada del castell, també podia ser ella qui el guiés ara, a través d'aquell laberint subterrani.

Amb prou feines dominant-se, Franz s'ajupí i mirà en direcció a la llum. Una mena de claror difosa, més que no pas un punt lluminós semblava omplir una mena d'hipogeu al final del corredor.

Franz prosseguí la seva marxa gairebé arrossegant-se, de cansat que estava. Després de travessar una obertura estreta el comte caigué a la llinda d'una cripta.

Aquella cripta, en bon estat de conservació, d'una dotzena de peus d'alçada, era circular. Els arcs que sostenien la volta, provinents de vuit columnes amb capitell, confluïen en una rosa central, de la qual penjava una mena de llum de vidre d'on s'esmunyia una llum groguenca.

Davant la porta, emmarcada per dues columnes, n'hi havia una altra, tancada amb panv i forrellat, els claus de la qual, menjats pel rovell, indicaven on s'incrustava la part exterior del forrellat.

Franz s'aixecà, s'acostà a aquesta porta i intentà de forçar-la. Els seus esforços foren inútils.

Alguns mobles desballestats omplien la cripta; aquí un llit, millor dit una llitotxa de fusta de castanyer, damunt la qual hi havia una mica de roba de llit; allí un escambell de potes retortes i una taula fixada a la paret per mitjà d'una ànima de ferro. Sobre la taula hi havia diversos utensilis: un pitxer ple d'aigua, un plat amb un tros de carn freda, una fogassa de pa. A un racó hi havia una pica, alimentada per un filet líquid i foradada a la base d'una de les columnes, per on s'hi escolava l'aigua remorosa.

Tot allò semblava indicar que aquella cripta estava parada a l'espera d'un hoste... o millor dit, d'un presoner. Era Franz el presoner, conduït fins allí per un parany?

Franz ni tan sols ho va sospitar. De tan cansat com estava, es limità a devorar els aliments que hi havia sobre la taula, calmà la set amb l'aigua del gerro i després es deixà caure sobre la llitotxa per tal de reposar alguns minuts i recobrar les forces.

Però quan intentà reunir les seves idees, els pensaments se li escaparen com l'aigua s'escapa de la mà que la vol retenir.

¿Hauria d'esperar que fos de dia per tal de recomençar les seves recerques? ¿Tenia la voluntat tan adormida que ja no era l'amo dels seus actes? «No», es va dir, «no esperaré pas! Haig d'arribar a la torre avui mateix, aquesta mateixa nit.»

De sobte, la llum que s'esmunyia del sostre s'apagà de cop i la cripta restà submergida en la fosca més total.

Franz va voler aixecar-se... Però no ho aconseguí. Els seus pensaments s'adormiren... o millor dit, s'aturaren, com s'atura l'agulla d'un rellotge el mecanisme del qual s'espatlla sobtadament. Va ser un son estrany, o millor dit, una somnolència aclaparadora, un anorreament total de l'ésser, que no provenia pas de l'endormiscament de l'esperit...

Quant de temps durà aquell son? Franz no ho sabia dir, quan finalment es despertà. El seu rellotge aturat no li podia dir l'hora que era. Però la cripta estava, altre cop, banyada de llum artificial.

Franz s'allunyà del seu llit, féu algunes passes prop de la primera porta que continuava oberta; la segona porta, en canvi, continuava tancada.

Intentà reflexionar, la qual cosa li va costar un esforç, perquè si bé el seu cos havia reposat de la fatiga del dia anterior, sentia el cap buit i pesat.

—Quant de temps he dormit? —es preguntà—. ¿És de dia o de nit?

A l'interior de la cripta res no havia canviat, només el llum del sostre que s'havia tornat a encendre, i el menjar que havia estat renovat, així com l'aigua del gerro.

Qui havia entrat, doncs, mentre Franz dormia? ¿Sabien els habitants del castell que Franz havia entrat?... Estava en poder del baró de Gortz... ¿Estava condemnat a no tenir cap més contacte amb els seus semblants?... Això no era admissible, i a més a més, fugiria, donat que encara ho podia fer; trobaria la faleria que menava a la poterna i sortiria del castell... Sortir?... Recordà aleshores que la poterna s'havia tancat darrera d'ell... Doncs bé! Intentaria arribar a la muralla, l'escalaria aprofitant els regruixos de la pedra... Costés el que costés, calia que abans d'una hora fos fora del castell.

Però, i Stilla?... Renunciaria a arribar a ella?... ¿Se n'aniria sense haver-la alliberat de Rodolf de Gortz?

No! I això que no havia aconseguit sol, ho aconseguiria amb l'ajut dels policies que Rotzko duria des de Karlsburg a Werst...

Assaltarien la muralla... registrarien el castell de dalt a baix... Un cop presa aquesta determinació, es tractava de dur-la a terme sense perdre ni un moment. Franz s'aixecà i es dirigí cap al passadís, a través del qual havia arribat a la cripta, quan darrera la segona porta sentí una mena de refrec.

Era, certament, un soroll de passes que s'acostaven lentament.

Franz recolzà l'orella contra la porta i, aguantant la respiració, escoltà... Les passes semblaven regulars, com si pugessin una escala. No hi havia cap dubte, darrera la porta hi havia una segona escala que comunicava la cripta amb els patis interiors.

Franz desenbeinà el seu ganivet preparat per a qualsevol cosa.

Si es tractava d'un dels servidors del baró de Gorz, se li tiraria al damunt, li prendria les claus i el deixaria fora de combat perquè no el seguís; després pujaria per aquella nova sortida i intentaria arribar a la torre central.

Siera el baró Rodolf de Gortz —i reconeixeria prou bé l'home que havia vist en el moment en què Stilla queia a l'escenari de San Carlo—, el colpejaria sense pietat.

Ara les passes s'havien aturat al replà que formava la llinda exterior. Franz, sense moure's, esperava que la porta s'obrís...

No s'obrí, i una veu d'una dolcesa infinita arribà fins al comte.

Era Stilla... sí... Era la seva veu, una mica feble, però amb totes les seves inflexions, el seu encís indescriptible, les seves modulacions. Era aquell admirable instrument del seu art meravellós que semblava haver mort amb ella.

I Stilla repetia la melodia planyívola que havia bressolat el repós de Franz, quan s'adormia a la gran sala de l'hostal de Werst:

Nel giardino de' mille fiori,
Andiamo, mio cuore...

Aquella cançó penetrava Franz fins el més profund de la seva ànima... L'aspirava, la bevia com un licor diví, mentre que Stilla semblava convidar-lo a seguir-lo, bo i repetint:

Andiamo, mio cuore... andiamo...

I, no obstant això, la porta no s'obria per fer-li pas!... ¿No podria arribar fins a Stilla, abraçar-la i portar-la fora del castell?...

—Stilla... Stilla meva!... —cridà.

I es va llançar contra la porta, que va resistir els seus embats. El cant semblava que s'afeblia... la veu es fonia... les passes s'allunyaven...

Franz, agenollat, intentava trencar els taulons de la porta, es destrossava les mans contra les frontisses, cridava Stilla, la veu de la qual ja no se sentia.

Va ser llavors que un pensament terrible creuà pel seu esperit com un llampec.

—Està boja! —cridà—. Boja, perquè no m'ha reconegut... perquè no m'ha respost!... Després de cinc anys... tancada aquí... en poder d'aquest home... la meva pobra Stilla... ha perdut el seny...

Llavors es posà dempeus, els ulls perduts, els gestos desordenats, el cap bullent.

—I jo també... sento que perdo la raó... —repetia—. Sento que estic embogit... com ella...

Anava i venia a través de la cripta, com una fera engabiada...

—No!... —cridà—. No!... Cal que no perdi el cap... Cal que surti del castell... I en sortiré...

I es va precipitar cap a la primera porta...

Que s'acabava de tancar sense fer soroll.

Franz no se n'havia adonat mentre escoltava la veu de Stilla...

No només estava empresonat dins el recinte del castell. Estava empresonat dins la cripta.

XIV

Franz estava aterroritzat. Tal com havia temut, anava perdent a poc a poc la capacitat de reflexionar, la comprensió de les coses, la intel·ligència necessària per deduir-ne les conseqüències. L'únic sentiment que persistia en ell era el record de Stilla, era la impressió d'aquell cant que els ecos d'aquella cripta fosca no li repetien.

Havia estat víctima d'una il·lusió? No, mil vegades no! Era d'Stilla la veu que havia sentit feia uns moments, i era ella qui havia vist sobre el bastió del castell.

Llavors li va retornar aquell pensament, aquella idea que Stilla havia perdut la raó, i aquell cop terrible el sacsejà com si ell l'hagués perduda una altra vegada.

—Boja!... —repetia—. Sí!, boja... no ha reconegut la meva veu... no m'ha respost... boja... boja!...

I aquell fet era tan versemblant!...

Ah, si pogués treure-la d'aquell castell, dur-la fins al castell de Craiova, consagrar-se totalment a ella... el seu amor, la seva cura, li retornarien la raó!

Heus aquí el que repetia Franz, presa d'un deliri terrible. Passaven hores abans que no retornés a dominar la seva raó.

Llavors va intentar raonar fredament, intentà retrobar-se dins el caos dels seus pensaments.

—Cal que fugi d'aquí —es deia—. Però, com?... Quan tornin a obrir aquesta porta... Sí!... Mentre dormo vénen a portar-me el menjar... Esperaré... Faré l'adormit...

Llavors li va venir una sospita: l'aigua de la gerra devia tenir alguna substància soporífera... Si havia caigut en un son tan pesat, en un ensopiment tan profund del qual no podia calcular la durada, era perquè havia begut aigua d'aquella... Doncs bé! No en beuria més... No tocaria tampoc els aliments que li havien deixat sobre la taula... Algú del castell no trigaria gaire a entrar, i aviat...

Aviat?... Com ho sabia?... ¿En aquell moment, el sol pujava cap al zènit o baixava cap a l'horitzó?... ¿Era de dia o de nit?...

Franz intentava sentir el soroll d'unes passes que s'acostaven a una porta o a l'altra... Però cap soroll no li arribava. Intentava enfilar-se per les parets de la cripta... el cap li cremava... els ulls li botien... l'oïda l'enganyava... l'alè li faltava en aquella atmosfera enrarida, que a penes es renovava a través de les escletxes de les portes. De sobte, a l'angle d'un dels pilars de la dreta va notar un buf d'aire més fresc que li arribava als llavis. Potser hi havia, per aquella banda, una obertura per on penetrava una mica de l'aire de fora.

Sí, sota l'ombra del pilar hi havia un passatge del qual no se n'havia adonat. En un instant el comte es va esmunyir entre les dues parets i es va dirigir cap a una claror vaga que semblava venir de dalt.

Just en aquell indret el passatge s'arrodonia i formava com una placeta, de cinc o sis passes de llargada, les muralles de la qual s'elevaven un centenar de peus. Semblava, aquell lloc, el fons d'un pou que servia de pati d'aquella cel·la subterrània, i pel qual entrava una mica d'aire i de claror.

Franz va poder veure que encara era de dia. A l'orifici superior d'aquell pou es dibuixava un angle de llum oblic a l'alçada del brocal. El sol ja devia haver recorregut la meitat del seu camí diürn, ja que aquell angle de llum tendia a empetitir-se.

Devien ser cap a les cinc de la tarda.

D'aquest fet va treure la conseqüència que devia haver dormit almenys quaranta hores, i llavors ja no va dubtar que li ho hagués provocat una beguda soporífica.

Així doncs, com que el jove comte i Rotzko havien deixat la vila de Werst el dia 11 de juny, ara devia ser la tarda del dia 13...

Per bé que l'aire que arribava al fons del pou era molt humit, Franz l'aspirà amb tota la força, i es va sentir una mica més alleugerit. Però si havia esperat que per aquell llarg tub de pedra seria possible escapar, ben aviat va veure que s'havia errat. Intentar pujar per aquelles parets sense cap esquerda, sense cap bony, era impossible. Franz va tornar a l'interior de la cripta. Donat que només podia fugir per una de les dues portes, va voler veure com eren de fortes. La primera —per la qual havia entrat— era molt sòlida, molt gruixuda, i per la part de fora devia estar assegurada amb dues barres passades per unes abraçadores de ferro: era inútil intentar forçar-la. L'altra porta —darrera la qual havia sentit la veu de Stilla— no semblava tan ben conservada. Les planxes que la formaven estaven mig podrides a diversos llocs... Potser no seria gaire difícil obrir-se pas per aquella banda.

—Sí... per aquí... per aquí! —digué Franz, que havia recuperat la sang freda.

—No podia perdre temps, car era probable que algú entraria a la cripta perquè suposarien que s'havia tornat a dormir sota la influència de la beguda somnífera.

La tasca va anar més ràpida del que havia pensat de bon començament. La humitat havia rosegat la fusta al voltant del ferro que aguantava les barres. Amb el ganivet, Franz va aconseguir arrabassar-ne una bona part, i això que treballava sense fer gairebé soroll. S'aturava de tant en tant, parava l'orella i s'assegurava que no se sentia res de la part de fora.

Tres hores després el pany havia saltat i la porta s'obria, girant sobre les frontisses.

Franz va córrer cap al pati per respirar una mica d'aire més pur.

En aquell moment, l'angle lluminós ja no es retallava a l'orifici del pou, prova que el sol ja havia baixat més avall del Retyezat. El pati estava immers en una foscor absoluta. Brillaven algunes estrelles. a l'oval del brocal i semblava que hom les mirava a través d'un telescopi. Passaven núvols lleugers empesos lentament pel buf intermitent de les brises de la nit. Una claror lívida indicava que la lluna, mitja lluna encara, havia sobrepassat l'horitzó de les muntanyes de l'est.

Devien ser més o menys les nou de la nit.

Franz va tornar a entrar per agafar una mica de menjar i beure una mica d'aigua de la pica, després d'haver vassat la del pitxer. Llavors es va col·locar el coltell a la cinta i va passar la porta, que tancà darrera seu.

Potser ara trobaria la infortunada Stilla, errant per aquelles galeries subterrànies... En pensar això, el cor li bategava follament, Només va fer unes passes i ensopegà amb un esglaó. Tal com havia pensat, allí començava una escala, i va comptar els esglaons mentre pujava —seixanta, només, enlloc dels setanta-set que hi havia per baixar fins a la cripta.

Mancaven encara uns vuit peus per arribar a nivell del terra. No podent imaginar res millor que seguir l'obscur passadís, que les seves mans esteses tocaven a banda i banda, decidí continuar avançant.

Passà mitja hora sense que el seu camí es veiés aturat ni per una porta ni per una reixa. Però nombrosos revolts l'impediren reconèixer la direcció respecte a la muralla, que s'alçava davant l'altiplà d'Orgall.

Després d'aturar-se alguns minuts per reprendre l'alè, Franz va continuar el camí per aquell passadís que semblava inacabable, fins que un obstacle li barrà el pas.

Era una paret de maons.

A les palpentes descobrí que no hi havia cap obertura.

Per aquella banda no hi havia cap sortida.

Franz no va poder aguantar-se un crit. Totes les esperances que havia concebut s'esfondraven contra aquell obstacle. Els genolls se li doblegaren, les cames no l'aguantaren i va caure tan llarg com era.

Però a nivell de terra, la paret presentava una escletxa que els maons, amb prou feines enganxats, havien anat obrint.

—Per aquí, sí, per aquí! —cridà Franz.

I començà a enretirar els maons, quan sentí un soroll a l'altra banda. Franz es deturà.

El soroll continuava i alhora li arribava un raig de llum a través de l'escletxa.

Franz va mirar.

A l'altra banda hi havia l'antiga capella del castell. El temps i l'abandó l'havien reduïda a un estat lamentable: una volta mig enfonsada, alguns arcs que encara s'aguantaven sobre les columnes, dos o tres arcs ogivals que amenaçaven ruïna; un finestral mig caigut amb decoracions de gòtic flamejant; de tant en tant un marbre polsós sota el qual devia dormir algun avantpassat de la família de Gortz. Al fons de la nau, un altar desballestat amb un retaule amb relleus mig esborrats. I per damunt de tot, un bocí de sostre que protegia l'àbsis, que s'havia salvat de les ventades, i el campanar amb la campana que encara repicava de tant en tant, causant l'espant inexplicable dels vilatans de Werst que es retardaven pel camí de la collada.

En aquella capella deserta des de feia temps, oberta a les intempèries del clima dels Càrpats, hi acabava d'entrar un home amb un fanal a la mà, la llum del qual li il·luminava el rostre.

Franz va reconèixer tot seguit aquell home.

Era Orfanik, aquell excèntric, únic amic del baró durant la seva estada a les grans ciutats italianes. Aquell ésser original que se'l veia passar pels carrers, gesticulant i parlant tot sol; aquell savi incomprès, aquell inventor que sempre empaitava una quimera i que, ben segur, havia posat els seus invents al servei de Rodolf de Gortz. Si fins aquell moment Franz de Telek hagués tingut algun dubte de la presència del baró de Gortz al castell dels Càrpats, fins i tot després de l'aparició d'Stilla, aquell dubte s'hauria esborrat, perquè ara tenia davant seu el savi Orfanik.

¿Què feia el savi a aquelles hores de la nit a la capella abandonada? Franz intentà veure-ho i heus aquí el que pogué entrellucar:

Orfanik, ajupit, acabava d'aixecar diversos cilindres de ferro als quals hi lligava un fil que es desenrotllava d'una bobina que tenia en un racó de la capella. I ho feia amb tanta atenció que si el comte s'hagués posat al seu costat no l'hauria vist.

Ah! ¿Per què l'escletxa que Franz havia intentat ampliar no era el suficientment gran com per deixar-lo passar? Si hagués pogut passar a l'altra banda, el comte s'hauria llançat sobre Orfanik i l'hauria obligat a guiar-lo fins la torre central...

Però tal vegada era una sort, perquè si el seu intent hagués fracassat, potser el baró de Gortz li hauria fet pagar amb la vida els secrets que acabava de descobrir.

Uns minuts després de l'aparició d'Orfanik, un altre home entrà a la capella.

Era el baró Rodolf de Gortz.

La fesomia inoblidable d'aquell home no havia canviat. Ni tan sols semblava haver envellit, amb el seu rostre pàl·lid i llarg que el fanal il·luminava de baix a dalt, amb els seus cabells grisosos, pentinats enrera, i la seva mirada guspirejant fins al fons de les seves òrbites negres.

Rodolf de Gortz s'apropà per tal d'examinar el treball

d'Orfanik. I heus ací les paraules que, amb veu fosca, intercanviaren ambdós homes.

XV

—La connexió de la capella ja està enllestida, Orfanik?

—Sí, ara tot just l'he acabada.

—Tot a punt a les casamates dels bastions?

—Tot.

—¿Ara els bastions i la capella són connectats directament amb la torre central?

—Ho són.

—¿I un cop l'aparell hagi llançat el corrent, tindrem temps de fugir?

—Sí, el tindrem.

—¿Has mirat si el túnel que porta a la collada de Vulkan està lliure?

—Sí, ho està.

Es produïren alguns instants de silenci, mentre Orfanik, que havia agafat de bell nou el fanal, projectava la llum al fons de la capella.

—Ah, vell castell! —s'exclamà el baró—. Costaràs car a qui intenti forçar les teves muralles!

El baró de Gortz havia pronunciat aquelles paraules amb un to que féu estremir el comte de Telek.

—Heu sentit el que deien a Werst? —preguntà Orfanik.

—Fa cinc minuts que el fil m'ha portat les paraules que es deien a l'hostal del *Rei Macià*.

—L'atac és per a aquesta nit?

—No. No atacaran fins a punta de dia.

—Quan ha arribat Rotzko a Werst?

—Fa dues hores que ell i els policies que han vingut de Karlsburg són al poble.

—Doncs bé, ja que el castell no pot defensar-se, almenys les seves ruïnes aixafaran Franz de Telek i els qui vinguin a salvar-lo.

Després, al cap d'uns segons:

—I el fil, Orfanik? Ningú no ha de saber mai que hi havia comunicació entre el castell i el poble de Werst...

—Ningú no ho sabrà: destruiré el fil.

A parer nostre, ha arribat l'hora de donar algunes explicacions sobre certs fenòmens que s'han produït al llarg d'aquest relat i l'origen dels quals no trigarà a ser revelat.

En aquella època —hem de remarcar insistentment que l'acció del relat passa als darrers anys del segle XIX— l'ús de l'electricitat, que ha estat considerada amb justesa «l'ànima de l'univers», havia arribat als seus perfeccionaments més alts. L'il·lustre Edison i els seus deixebles ja havien enllestit la seva obra.

Entre altres aparells elèctrics, el telèfon funcionava amb una precisió tan meravellosa que els sons, recollits per mitjà de plaques, arribaven lliurement a les orelles sense necessitat d'auriculars. Allò que hom deia, o cantava o murmurava podia arribar on fos, i dues persones, separades per milers de milles podien parlar entre elles com si fossin assegudes una davant de l'altra.

D'ençà de feia molts anys, Orfanik, el company inseparable del baró Rodolf de Gortz era, en el que fa referència a la utilització de l'electricitat, un inventor de primer ordre. Però, com ja sabem, els seus descobriments no havien estat acollits com mereixien. El món dels savis només havia vist en Orfanik un boig, en lloc d'un geni en el seu art. D'aquí venia l'odi que l'inventor, tants cops refusat i maltractat, tenia pels seus semblants.

El baró de Gortz trobà Orfanik en aquestes condicions, perseguit per la misèria. El baró encoratjà els seus treballs i li obrí la seva bossa. I finalment el llogà amb la condició que el savi li reservés tots els seus invents, dels quals ell ja en sabria treure profit.

En resum, aquells dos personatges, originals i maniàtics, cadascú en la seva matèria, s'entenien a la perfecció. D'aquesta manera, aquells dos personatges ja no se separaren, ni quan el baró seguí Stilla per tota Itàlia.

Però mentre el meloman s'embriagava amb el cant de l'artista incomparable, Orfanik només s'aqueferava a completar els descobriments que havien fet els electricistes durant els darrers anys, perfeccionant les seves aplicacions i obtenint-ne els efectes més extraordinaris.

Després dels incidents que posaren fi a la temporada d'Stilla, el baró de Gortz havia desaparegut sense que ningú sabés què li havia passat. Ara bé, un cop abandonat Nàpols s'amagà al castell dels Càrpats, acompanyat d'Orfanik que se sentia molt content de tancar-se allí amb el seu amo.

D'ençà del moment que prengué la decisió de tancar-se entre les muralles de l'antic castell, la intenció del baró era que cap habitant del país no pogués sospitar el seu retorn i que ningú no tingués la temptació de visitar-lo. No cal dir que Orfanik i ell tenien manera d'assegurar-se la vida a l'interior del castell. En efecte, hi havia una comunicació secreta entre el castell i el camí de la collada de Vulkan, i era per aquest camí que un home segur, un antic criat del baró, a data fixa, introduïa al castell allò que feia falta per a la subsistència del baró Rodolf i el seu hoste.

En realitat, allò que romania dempeus del castell —i sobretot la torre central— estava menys enrunat del que podia semblar i era més habitable del que exigien els seus ocupants. D'aquesta manera, proveït de tot allò que li feia falta per a fer els seus experiments, Orfanik podia ocupar-se d'aquells prodigiosos treballs que la física i la química li possibilitaven. I aleshores tingué la idea d'utilitzar-los per allunyar els xafarders.

El baró de Gortz acollí la idea de bon grat i Orfanik instal·là una maquinària especial, destinada a espaordir el país, produint uns fenòmens que només podien ser atribuïts a una intervenció diabòlica. Però, en primer lloc, allò que més interessava al baró era assabentar-se del que deien al poble més pròxim. ¿Hi havia algun mitjà per a poder escoltar el que deia la gent sense que se n'assabentessin? Sí, si s'aconseguia d'instal·lar una línea telefònica entre el castell i la sala gran de l'hostal del *Rei Macià*, on els notables de Werst tenien per costum reunir-se cada vespre.

Això és el que Orfanik va fer d'una manera ràpida i secreta, en les condicions més senzilles. Un fil de coure revestit d'una funda aïllant, un extrem del qual pujava fins el primer pis de la torre del castell i l'altre arribava al poble de Werst per sota les aigües del Nyad. Un cop feta aquesta primera feina, Orfanik, fent-se passar per un turista passà una nit al *Rei Macià,* amb el propòsit de connectar aquell fil a la sala gran de l'hostal. No li va costar gaire de fer pujar l'extrem del fil des del torrent fins la finestra de la sala gran, que no s'obria mai. Al fil hi va connectar una placa telefònica que dissimulava darrera les fulles d'una planta. Aquest aparell estava tan ben posat, tant per emetre com per a recollir els sons, que el baró de Gortz podia sentir tot el que es deia al *Rei Macià* i enviar-hi aquells sons que més li convinguessin.

Durant els primers anys, la tranquil·litat del castell no va ser destorbada per res ni per ningú. La mala reputació que tenia n'apartaven els habitants de Werst. A més, tothom el sabia abandonat d'ençà de la mort del darrer dels servidors de la família. Però un bon dia, quan comença aquest relat, la ullera de llarga vista de Frik va permetre que els vilatans observessin una fumera que eixia d'una de les xemeneies de la torre. A partir d'aquell moment, els comentaris sobre el castell no cessaren i ja se sap el que va passar.

Va ser aleshores quan la comunicació telefònica fou útil al baró de Gortz i a Orfanik, perquè ambdós pogueren estar al corrent de tot allò que passava a Werst. Gràcies al fil varen saber la intenció que tenia. Nic Deck de pujar al castell, i va ser gràcies al fil que sentiren aquella veu amenaçant que volia dissuadir-lo. Però en insistir el jove guarda a visitar el castell. el baró decidí de castigar-lo de tal manera que se'n penedís i mai més no tingués ganes de tornar. Aquella nit, la maquinària d'Orfanik, sempre a punt, va produir una sèrie de fenòmens físics, capaços d'espantar al més valent: campana repicant embogida; projecció de flames intenses, barrejades amb sal marina que donaven a tots els objectes una aparença espectral; sirenes formidables, d'aire comprimit que en escapar-se produïen una mena de bramul espantós; siluetes fotogràfiques de monstres, projectades gràcies a reflectors potents; plaques col·locades entre les herbes del fossar i connectades a unes piles, la corrent de les quals va agafar el doctor pel ferrat de les botes, impedint-li que donés una passa; i finalment una descàrrega elèctrica, llançada per mitjà de les piles del laboratori, que havia fet caure el guarda forestal, en el moment que la seva mà tocava els ferratges del pont llevadís.

Tal i com pensava el baró de Gortz, després de l'aparició d'aquells fenòmens espantosos, després que l'intent de Nic Deck de visitar el castell hagués acabat malament, el terror havia arribat al punt màxim i ni per or ni per plata, ningú no s'hauria apropat al castell més de dues milles, perquè tothom creia que hi havia un encanteri.

Rodolf de Gortz, doncs, es creia a recer de qualsevol mena de curiositat inoportuna, fins que Franz de Telek arribà al poble.

Mentre interrogava ja sigui Jonàs, ja sigui el jutge Koltz, la seva presència al *Rei Macià* fou reportada a través del fil del Nyad fins el castell dels Càrpats. L'odi que el baró sentia pel comte es reanimà, amb el record dels fets passats a Nàpols. I Franz de Telek no només era al poble, sinó que es burlàva davant dels notables de Werst de les seves supersticions; ensorrava la reputació fantàstica que tenia el castell i fins i tot es comprometia a avisar les autoritats de Karlsburg, per tal que la policia vingués a posar fi a les llegendes. Així fou com el baró de Gortz decidí atreure Franz de Telek al castell, i ja sabem quins foren els sistemes que va utilizar. La veu d'Stilla, enviada a través del fil a la sala gran de l'hostal del *Rei Macià,* havia fet que el comte es desviés del seu camí per a atansar-se al castell; l'aparició de la cantant en la terrassa del bastió, li havien fet venir unes ganes terribles d'entrar-hi; una llum, mostrada des d'una de les finestres de la torre, l'havien guiat fins la poterna que romania oberta per fer-lo entrar. Al fons d'aquella cripta, il·luminada elèctricament, on un cop més Franz havia sentit la veu de l'enamoradá, entre els murs d'aquella cel·la, on li portaven els aliments quan dormia el seu son letàrgic, en aquella presó amagada en les profunditats del castell, la porta de la qual s'havia tancat darrera seu, Franz de Telek era en mans del baró de Gortz, i el baró comptava que el comte no en podria sortir mai més.

Aquests eren els resultats obtinguts per la col·laboració misteriosa entre Rodolf de Gortz i el seu còmplice Orfanik. Però, a despit seu, el baró sabia que Rotzko havia donat l'alarma, que si bé no havia seguit el seu amo a l'interior del castell, sí havia alertat les autoritats de Karlsburg. Una esquadra de policies havien arribat a Werst i el baró de Gortz s'enfrontava ara amb una partida massa forta. En efecte, ¿com aconseguirien, Orfanik i ell, defensar-se contra una tropa tan nombrosa? Els mitjans utilitzats contra Nick Deck i el doctor Patak serien insuficients, perquè la policia no creu gaire en intervencions diabòliques. De manera que tots dos estaven determinats a destruir el castell des dels seus propis fonaments, i només esperaven que arribés el moment d'actuar. Havien preparat un fil elèctric per calar foc a les càrregues de dinamita que, abans, ja havien enterrat sota la torre, els bastions, la vella capella, i l'aparell destinat a donar el corrent deixaria al baró de Gortz i al seu còmplice el temps suficient per fugir pel túnel de la collada de Vulkan. Després de l'explosió, que tindria per víctimes el jove comte i tots els qui haguessin escalat el recinte del castell, ells dos fugirien tan lluny que mai més no en trobarien el rastre. Franz acabava de sentir la conversa que li havia donat l'explicació de tots els fenòmens del passat. Ara sabia que existia una comunicació telefònica entre el castell dels Càrpats i el poble de Werst. Tampoc no ignorava que el castell seria anorreat i que aquella catàstrofe li costaria la vida, a ell i a molts dels agents de policia menats per Rotzko. Sabia, en fi, que el baró de Gortz i Orfanik tindrien el temps suficient per fugir —i per emportar-se Stilla, inconscient...

Ah! ¿Per què Franz no podia forçar l'entrada de la capella, llançar-se contra aquells dos homes?... Els abatria, els colpejaria, els impediria fer mal, els impediria portar a terme aquell projecte espantós!

Però el que ara era impossible, potser no ho seria després de la partida del baró. Quan tots dos haurien sortit de la capella, Franz els empaitaria fins a la torre i, amb l'ajuda de Déu, faria justícia!

El baró de Gortz i Orfanik ja eren al fons del presbiteri. Franz no els perdia de vista. Per on sortirien? ¿Ho farien per una de les portes que donen a un dels patis del recinte o per algun passadís interior, que semblava unir la capella amb la torre? Perquè semblava que totes les construccions del castell es comunicaven entre elles. No importava per on sortissin. El jove comte no trobaria cap obstacle que li pogués impedir d'anar-los a l'encalç.

En aquell moment, el baró de Gortz i Orfanik encara intercanviaren algunes paraules.

—Tot està llest, aquí?

—Tot.

—Doncs ja ens podem separar.

—¿Encara teniu la intenció que us deixi sol dins el castell?...

—Sí, Orfanik. I partiu ara mateix pel túnel de la collada de Vulkan.

—Però, i vós?...

—No sortiré del castell fins al darrer moment.

—Hem quedat ben d'acord que us haig d'esperar a Bistritz!

—Sí, a Bistritz.

—Doncs, baró Rodolf, quedeu-vos, quedeu-vos sol si aquesta és la vostra voluntat.

—Sí... encara la vull sentir... la vull sentir per darrera vegada aquesta última nit que passaré al castell dels Càrpats!

Uns instants després, el baró de Gortz i Orfanik sortiren de la capella.

Per bé que en aquella conversa no havien pronunciat el nom de Stilla, Franz havia comprès que el baró Rodolf de Gortz es referia a ella.

XVI

El desastre era imminent. Franz no el podia evitar si no era impedint que el baró pogués portar a terme el seu projecte.

Eren les onze de la nit. Sense temor a ser descobert, Franz va reemprendre el seu treball. Els maons de la paret es desenganxaven fàcilment; però era tan espessa que va necessitar mitja hora llarga per fer una obertura suficient per a poder-hi passar.

Quan Franz va posar els peus a l'interior d'aquella, oberta a tots els vents, es va sentir reanimat per l'aire pur. A través dels forats de la nau i de l'obertura de les finestres podia veure el cel lleument ennuvolat, uns núvols empaitats per la brisa. Ça i lla brillaven algunes estrelles, empal·lidides per l'esclat de la lluna que s'enfilava sobre l'horitzó.

Es tractava de trobar la porta que s'obria al fons de la capella, per la qual havien sortit el baró de Gortz i Orfanik. Per això, després de creuar la nau de través, Franz avançà cap al presbiteri.

En aquell indret tan fosc, on no arribava la claror de la lluna, ensopegava constantment amb runes de tombes i de fragments de volta caiguts a terra.

Finalment, a un extrem del presbiteri, darrera del retaule de l'altar, prop d'una raconada fosca, Franz va sentir que una porta cedia sota la seva mà.

Aquella porta donava a una galeria que devia travessar tot el recinte. Per allí el baró de Gortz i Orfanik havien entrat dins la capella, i per allà n'havien sortit.

Des del moment en què Franz va ser a la galeria, es va

trobar en la més completa obscuritat. Després de molts revolts, sense pujar ni baixar cap escala, estava segur que continuava al mateix nivell que els patis interiors.

Mitja hora més tard va semblar que la foscor era menys densa: una mica de claror es filtrava a través d'algunes obertures laterals de la galeria. Franz va poder caminar més de pressa, i va anar a desembocar en una ampla casamata, habilitada sota el terraplè del bastió que flanquejava l'angle esquerre de la muralla.

Aquella casamata tenia gran quantitat d'espitlleres estretes, per les quals hi entrava la llum de la lluna.

A l'altre extrem hi havia una porta oberta.

El primer moviment de Franz va ser colocar-se davant d'una de les espitlleres per respirar durant uns segons la brisa fresca de la nit.

Però, en el moment que anava a separar-se'n, va creure veure dues o tres ombres que es bellugaven a l'extrem inferior de l'altiplà d'Orgall, il·luminat fins a l'ombrívol massís del bosc d'avets.

Franz observà.

Alguns homes anaven i venien sobre l'altiplà, una mica enretirats dels arbres. Sens dubte eren els agents de Karlsburg, portats per Rotzko. ¿Així doncs, s'havien decidit finalment a actuar de nit, amb l'esperança de sorprendre els habitants del castell, o esperaven en aquell indret les primeres clarors de l'alba?

Quin esforç no va haver de fer Franz per retenir el crit que se li escapava de la boca! Quin esforç per no cridar a Rotzko, que l'hauria sabut comprendre i li hauria reconegut la veu! Per... el seu crit podia arribar fins a la torre i, abans que els agents haguessin escalat la muralla, Rodolf de Gortz hauria tingut el temps necessari per activar l'aparell i fugir pel túnel.

Franz va aconseguir dominar-se i s'allunyà de l'espitllera. Llavors, quan va haber travessat la casamata, va creuar la porta i va seguir per la galeria.

Cinc-cents passes més lluny, arribà al llindar d'una escala construïda dins l'espessor de la paret.

¿Potser ja es trobava a la torre, que s'aixecava al mig de la plaça d'armes? Tot ho feia creure.

No obstant això, aquella escala no devia ser la principal, la que pujava als diversos pisos. No eren més que un seguit d'escalons circulars, disposats com les rosques d'un vis dins un forat estret i fosc.

Franz pujà sense fer soroll, escoltant, sense sentir res. Al cap d'una vintena d'esglaons s'aturà a un replà.

Allí hi havia una porta que donava a la terrassa circular que rodejava la torre, al primer pis.

Franz va passar a la terrassa i, amb extrema cura, va mirar en direcció a l'altiplà d'Orgall.

Encara es veien uns quants homes al límit del bosc d'avets però res no feia pensar que es volguessin acostar al castell.

Decidit a agafar el baró de Gortz abans que pogués fugir pel túnel de la collada, Franz va donar la volta a la terrassa i es trobà davant una altra porta, on l'escala de cargol reprenia l'ascens.

Va posar els peus sobre el primer escaló, es repenjà amb els dos braços contra les parets i començà a pujar.

Tot estava en silenci.

L'apartament del primer pis no estava habitat.

Franz es va apressar per arribar als replans que donaven accés als altres pisos.

Quan va haver arribat al tercer pis, els seus peus ja no trobaren més escalons. Allí acabava l'escala, que comunicava amb l'apartament més elevat de la torre, el que coronava la plataforma de merlets, on altre temps hi havia l'estendard dels barons de Gortz.

La paret, a l'esquerra del replà, tenia una porta, en aquell moment tancada. A través del forat del pany, que no tenia la clau posada, s'hi filtrava un raig de llum vivíssim.

Franz va escoltar i no va sentir cap soroll a l'interior de l'apartament... Va mirar pel pany de la porta i només va veure la part esquerra d'una sala molt il·luminada. La part dreta de la sala era fosca.

Franz va fer girar suaument el pom, va empènyer la porta i la va obrir.

Hi havia una sala molt espaiosa que ocupava tot el pis superior de la torre. Sobre els murs circulars s'hi recolzava una volta enteixinada, les bigues de la qual confluïen al centre i formaven una pesada petxina. Les parets eren cobertes de pintures fosques i tapissos brodats. Mobles antics, baguls, aparadors, butaques, tamborets, la moblaven artísticament. A les finestres hi penjaven espesses cortines que no deixaven sortir la claror de l'interior. A terra hi havia una estora de llana que amorosia el soroll de les passes.

La sala oferia un aspecte força estrany i, quan Franz hi va entrar, es va sentir sorprès especialment pel fet que la cambra estava la meitat il·luminada i la meitat a les fosques.

A la dreta de la porta, el fons de l'estança desapareixia dins una completa obscuritat.

A l'esquerra, en canvi, hi havia una estrada coberta de draps negres, i rebia una claror molt potent, deguda segurament a algun aparell de concentració, col·locat de manera que no podia ser vist.

A uns deu peus d'aquella estrada, amb una mampara al mig, hi havia una butaca antiga de respatller molt alt, que la mampara envoltava de penombra. Prop de la butaca hi havia una tauleta, coberta amb un tapís, sobre el qual hi havia una capsa rectangular.

Aquella capsa, de dotze polzades de llargada i de sis d'amplada, tenia la tapa, incrustada de pedres precioses, oberta, i contenia un cilindre metàl·lic.

Des del moment en què havia entrat a la sala, Franz s'havia adonat que la butaca estava ocupada.

Efectivament, hi seia una persona completament immòbil, el cap recolzat sobre el respatller, els ulls closos, el braç dret estès sobre la taula i la mà repenjada sobre la capsa.

Era Rodolf de Gortz.

¿Havia volgut el baró passar la darrera nit al pis superior de la torre per abandonar-se al son?

No, allò no era possible, després del que Franz li havia sentit dir a Orfanik.

El baró de Gortz estava sol a la cambra i, segons les ordres que havia donat a Orfanik, no hi havia dubte que el savi ja havia fugit pel túnel. I Stilla?... Rodolf de Gortz havia dit que la volia sentir una última vegada dins aquell castell dels Càrpats, abans que fos destruït per l'explosió. ¿Per quina altra raó, doncs, havia pujat a aquella sala, on ella devia anar cada nit a encisar-lo amb el seu cant?

Però, on era Stilla?...

Franz no la veia ni la sentia...

Després de tot, què importava, ara que Rodolf de Gortz era a la mercè del jove comte!... Franz el sabria obligar a parlar. En l'estat en què es trobava, excitat, ple d'odi cap a aquell home que també l'odiava, aquell home que li havia robat la seva Stilla, la pobre Stilla... viva i folla...

folla per culpa seva...

Franz es va situar darrera la butaca. Una passa... Havia perdut el cap... Aixecava la mà per colpejar-lo quan, de sobte, Stilla va aparèixer...

Franz va deixar caure el ganivet a terra.

Stilla era dempeus sobre l'estrada, tota il·luminada, amb els cabells deixats anar, els braços estesos, admirablement bella amb el vestit blanc de l'Angèlica d'*Orlando*, tal com l'havia vista al bastió del castell. Els seus ulls, fixos en el comte, el penetraven fins al fons de l'ànima... Era impossible que no veiés Franz i, això no obstant, Stilla no feia ni un gest per cridar-lo... entreobria els llavis per parlar-li... Senyor... estava boja!

Franz estava a punt de precipitar-se sobre l'estrada per abraçar-la, per emportar-se-la amb ell...

Però Stilla havia començat a cantar. Sense moure's de la butaca, el baró de Gortz s'havia inclinat cap a ella. Extasiat fins al límit, el diletant respirava aquella veu com un perfum, la bevia com un licor diví. Tal com estava altre temps a les representacions dels teatres d'Itàlia, igual estava ara al bell mig d'aquella sala, en una solitud infinita, al cim d'aquella torre que dominava el camp de la Transilvània.

Sí! Stilla cantava!... Cantava per a ell... només per a ell!... Era com una alè que sortia dels seus llavis, que semblaven immòbils... Si havia perdut la raó, almenys la seva ànima d'artista li havia quedat tota sencera!

També Franz s'embriagava amb l'encís d'aquella veu que no havia sentit des de feia cinc anys llargs... Estava absort, contemplava ardentment aquella dona que no pensava tornar a veure, aquella dona que era allí, viva, com si un miracle l'hagués ressuscitada als seus ulls! I aquell cant d'Stilla era, entre tots, el que feia vibrar més vivament el record de Franz. Sí! Franz havia reconegut el final de la tràgica escena d'*Orlando*, aquell final en el qual l'ànima de la cantant s'havia trencat just en aquella última frase:

Innamorata, mio cuore tremante,
Voglio morire...

Franz seguia aquella frase inefable nota a nota... I es deia que Stilla no seria interrompuda com ho havia estat al teatre de San Carlo... No... Aquelles notes no moririen entre els llavis de la cantant, com havien mort a la representació de l'adéu...

Franz no respirava. Tota la seva vida es lligava a aquell cant... Encara algunes octaves, i el cant acabaria en tota la seva incomparable puresa... Però heus aquí que la veu comença a afeblir-se... Es diria que Stilla dubta en repetir aquells mots d'un dolor punyent...

Voglio morire...

¿Que potser cauria com havia caigut a l'escenari de Nàpols?... La cantant no va caure, però la cançó es va interrompre a la mateixa octava, a la mateixa nota que s'havia interromput al teatre de San Carlo... Stilla crida... i és el mateix crit que Franz va sentir aquella nit...

I això no obstant, Stilla es quedà immòbil, dreta, amb la seva mirada adorada, aquella mirada que retorna al comte totes les tendreses de la seva ànima.

Franz es llançà sobre la noia... Se la vol endur lluny d'aquella sala, lluny del castell...

En aquell precís moment, es troba cara a cara amb el baró, que acaba d'aixecar-se.

—Franz de Telek! —crida Rodolf de Gortz—. Franz de Telek, que ha pogut escapar!...

Però Franz no li contesta i es precipita cap a la noia:

—Stilla!... Estimada Stilla... Estàs viva...

—Viva!... Stilla viva!... —crida el baró de Gortz.

I aquella frase irònica acaba en un esclat de rialles, en les quals hi vibra la ràbia.

—Viva!... —continua Rodolf de Gortz—. Doncs bé, que Franz de Telek intenti prendre-me-la!

Franz estira els braços cap a Stilla, els ulls de la qual el miren fixament... En aquell instant, Rodolf de Gortz s'ajup, recull el coltell que havia caigut de les mans de Franz i el dirigeix cap a Stilla, immòbil. Franz es precipita sobre el baró per tal d'aturar el cop que amenaça la pobra boja.

Massa tard... El coltell fereix el cor...

De sobte, se sent el soroll d'un mirall que es trenca i, amb els mil bocins del vidre escampats per la sala, desapareix Stilla...

Franz roman inert... No entén res... ¿Que potser també s'ha tornat boig? Aleshores, Rodolf de Gortz crida:

—Un cop més Stilla s'ha escapat de Franz de Telek!...

Però em resta la seva veu... La seva veu és meva, només és meva... i no serà mai de ningú més...

En el moment en què Franz anava a llançar-se sobre el baró de Gortz, les forces l'abandonaren i caigué a terra sense sentits.

Rodolf de Gortz, sense fer cas del comte, agafà la caixa que hi havia sobre la taula i surt corrents de la sala. Baixa al primer de la torre; després, un cop a la terrassa, la volta tota i intenta atansar-se a l'altra porta, quan sona una detonació.

Rotzko, situat a la vora del fossar, acabava de disparar contra el baró de Gortz.

La bala no va ferir el baró, però trencà la caixa que duia entre els seus braços.

El baró deixà anar un crit terrible.

—La seva veu... la seva veu! —repetia—. La seva ànima!... L'ànima de Stilla s'ha trencat... trencat!...

I aleshores, amb els cabells erissats, les mans crispades, se'l va veure córrer tot al llarg de la terrassa, cridant sempre seguit:

—La seva veu!... la seva veu... M'han trencat la seva veu... Maleïts siguin!...

Després va desaparèixer a través de la porta, just en el moment que Rotzko i Nic Deck intentaven escalar la muralla del castell sense esperar l'esquadra de policies.

Gairebé al mateix moment, una explosió formidable feu tremolar tot el massís del Plesa. Columnes de flames s'alçaren fins als núvols i un allau de pedres caigué sobre el camí de Vulkan.

Dels bastions, de la muralla, de la torre central, de la capella del castell dels Càrpats només en quedava una massa de ruïnes fumejants sobre l'altiplà d'Orgall.

XVII

No hem oblidat, recordant la conversa del baró i d'Orfanik, que l'explosió s'havia de produir un cop fora del castell Rodolf de Gortz. Ara bé, en el moment en què l'explosió es va produir era impossible que el baró hagués tingut temps de fugir pel túnel que mena al camí de la collada. Encegat pel dolor, enfollit per la desesperança, sense saber el que es feia, tal vegada Rodolf de Gortz havia provocat una catàstrofe immediata, la primera víctima de la qual fou ell mateix. Després de les paraules incomprensibles que havia pronunciat quan la bala de Rotzko trencà la caixa que duia a les mans, tal vegada havia volgut sepultar-se sota les ruïnes del castell.

Sigui com sigui, va ser una sort que els policies, sorpresos pel tret del fusell de Rotzko, es trobessin encara a una certa distància, quan l'explosió destruí el castell. Molt pocs varen ser ferits per les pedres que caigueren a l'altiplà d'Orgall. Rotzko i el guarda forestal, que eren al peu de la muralla quan es va produir l'explosió, varen salvar-se de miracle de morir aixafats per l'allau de pedres.

L'explosió havia produït ja el seu efecte, quan Rotzko, Nic Deck i els policies, aconseguiren sense gaires dificultats penetrar a l'interior del castell enrunat, creuant el fossar que havia quedat mig ple de les pedres de la muralla caiguda.

A cinquanta metres de la muralla trobaren un cos enmig de les runes, a la base de la torre.

Era el de Rodolf de Gortz. Alguns vells del país —entre ells el jutge Koltz— el reconegueren sense cap mena de dubte.

Rotzko i Nic Deck, no pensaven en res més que en trobar el comte. Com que Franz no havia comparegut a les cites concertades entre el seu soldat i ell, era segur que no havia pogut escapar del castell.

Però Rotzko no gosava esperar que hagués sobreviscut a l'explosió, que no fos una víctima de la catàstrofe; per això plorava amb llàgrimes com punys i Nic Deck no sabia com aconsolar-lo.

Malgrat tot, després de mitja hora de recerques, el comte fou trobat al primer pis de la torre, sota un arcbotant de la muralla, que havia impedit que fos aixafat.

—Senyor... pobre senyor!

—Senyor comte...

Aquestes foren les primeres paraules que pronunciaren Rotzko i Nic Deck quan s'inclinaren sobre Franz; devien pensar que era mort, però només estava desmaiat.

Franz va tornar a obrir els ulls, però la seva mirada que no es fixava enlloc, no semblava reconèixer Rotzko ni entendre les seves paraules. Nic Deck, que havia aixecat el comte entre els seus braços, li parlà un cop més; no hi hagué cap resposta.

Només les darreres paraules de la cançó d'Stilla s'escapaven dels seus llavis:

Innamorata... voglio morire...

Frank de Telek s'havia tornat boig.

XVIII

Ningú, sens dubte, donat que el comte havia perdut la raó, no hauria tingut l'explicació dels darrers fenòmens esdevinguts al castell dels Càrpats sense les revelacions que foren fetes en les circumstàncies següents:

Durant quatre dies, Orfanik havia esperat, tal i com havien quedat, que el baró de Gortz l'anés a buscar a la vila de Bristritz. En veure que no arribava, es preguntà si no hauria estat víctima de l'explosió. Empès per la curiositat i per la inquietud, havia reemprès el camí de Werst i havia tornat a rondar a les envistes del poble.

Mala pensada va tenir, perquè els agents de policia no trigaran a detenir-lo, ajudats per la descripció de Rotzko, que el coneixia de feia temps. Un cop a la capital del comitat, en presència dels magistrats davant els quals va comparèixer, Orfanik no posà cap mena de dificultat a contestar les preguntes que li varen fer en el curs de la investigació que es feia per aclarir la catàstrofe.

Confessarem fins i tot que la triste fi del baró de Gortz no va semblar commoure gens ni mica aquell savi egoista i maniàtic, que només tenia cor per als seus invents.

En primer lloc, i contestant les preguntes de Rotzko, Orfanik afirmà que Stilla era morta i —amb les mateixes paraules seves— enterrada i ben enterrada des de feia cinc anys al cementiri del *Campo Santo Nuovo*, de Nàpols. Aquesta afirmació va ser una de les sorpreses més grans d'aquella estranya aventura.

En efecte, si Stilla era morta, ¿com havia pogut ser que Franz escoltés la seva veu al menjador de l'hostal? ¿I que després la veiés aparèixer a la terrassa del bastió?

¿Que després s'embriagués amb el seu cant, quan estava tancat a la cripta?... Per últim, ¿com l'havia trobada viva a la cambra de la torre?

Heus aquí l'explicació d'aquests fenòmens diversos, que semblaven inexplicables.

Hem de recordar la desesperança del baró de Gortz quan va córrer el rumor que Stilla abandonava el teatre per esdevenir la comtessa de Telek. L'admirable talent de l'artista, és a dir, totes les seves satisfaccions de diletant, li faltarien d'ara endavant.

Va ser aleshores quan Orfanik li va propcsar de recollir per mitjà d'aparells fonogràfics els principals trossos del seu repertori, que la cantant es proposava d'interpretar en les seves representacions de comiat. Aquells aparells havien estat perfeccionats meravellosament a l'època, i Orfanik els havia tornat tan perfectes que la veu humana no hi patia cap alteració, ni en el seu encís, ni en la seva puresa.

El baró de Gortz acceptà l'oferta del físic. Varen installar fonògrafs, successivament i secretament, al fons de la llotja reixada durant el darrer mes de la temporada. Així va ser com gravaren, en els seus cilindres, romances d'òperes o de concerts, entre d'altres, la melodia de Stefano i l'ària final d'*Orlando* que fou interrompuda per la mort de Stilla.

Aquestes eren les condicions en què el baró de Gortz s'havia tancat al castell dels Càrpats, i allí, cada vespre, en el seu isolament, podia sentir les cançons que havien estat recollides per aquells aparells admirables. I no solament sentia la veu de Stilla com si fos a la seva llotja, sinó —tot i que pugui semblar incomprensible— que la veia com si fos viva davant els seus ulls.

Era degut a un senzill artifici òptic.

No hem d'oblidar que el baró de Gortz havia adquirit un magnífic retrat de la cantant. Aquell retrat la representava amb el seu vestit blanc de l'Angèlica d'*Orlando* i amb la seva cabellera magnífica desfeta. Doncs bé, per mitjà d'uns miralls inclinats, en un cert angle calculat per Orfanik, quan un focus il·luminava el quadre col·locat davant d'un mirall, Stilla apareixia per reflexió, tan «real» com quan era viva, en tot el seu esplendor i bellesa.

Era gràcies a aquest aparell, transportat durant la nit a la terrassa del bastió, que Rodolf de Gortz l'havia feta aparèixer per atraure Franz de Telek a l'interior del castell; i era també gràcies a aquest aparell que el comte havia tornat a veure Stilla a la sala de la torre, mentre que el seu admirador fanàtic s'embriagava amb la seva veu i els seus cants. Aquests són, de manera sumària, els informes que donà Orfanik de manera més detallada en el transcurs de l'interrogatori. I, cal dir-ho, es declarà autor d'aquells invents genials, que havia portat al grau més alt de perfecció, amb un gran orgull.

No obstant això, si bé Orfanik havia explicat materialment els diversos fenòmens, o més ben dit, «trucs» per fer servir la paraula consagrada, allò que no podia explicar-se era perquè el baró de Gortz no havia tingut temps de fugir pel túnel abans de l'explosió. Però quan Orfanik s'assabentà que una bala havia trencat l'objecte que Rodolf de Gortz portava entre els seus braços, ho comprengué tot. Aquell objecte era el fonògraf que contenia el darrer cant de Stilla, el que Rodolf de Gortz havia volgut sentir per darrera vegada a la sala de la torre, abans d'esfondrar-la. Un cop destruït l'aparell, la vida del baró també s'havia destruït, i boig de desesperació, havia volgut enterrar-se sota les ruïnes del seu castell.

El baró de Gortz fou enterrat al cementiri de Wertz amb els honors deguts a l'antiga família que acabava amb ell. Quant al jove comte de Telek, Rotzko el va fer transportar al castell de Craiova, on es dedicà a tenir cura del seu amo.

Orfanik li va cedir de bon grat tots els cilindres fonogràfics on hi havia enregistrats els altres cants d'Stilla, i quan Franz sentia la veu de la gran artista, hi dedicava una certa atenció, recuperava el seny d'abans i semblava que la seva ànima intentava reviure els records d'aquell passat inoblidable.

De fet, alguns mesos després, el comte recuperà la raó i va ser gràcies a ell que es van conèixer els detalls d'aquella darrera nit del castell dels Càrpats.

Diguem ara, que el casament de l'encisadora Miriota i de Nic Deck se celebrà vuit dies després de la catàstrofe. Després que els nuvis hagueren rebut la benedicció del pope de Vulkan, retornaren a Wertz, on el jutge Koltz els havia reservat la millor habitació de la casa.

Però, tot i que els fenòmens havien estat explicats d'una manera tan natural, no hem de pensar que la noia deixés de creure en les fantàstiques aparicions del castell. Per més que Nic Deck intentés raonar amb ella —igual que Jonàs, que intentava que la clientela retornés a l'hostal del *Rei Macià*—, no hi havia manera de convèncer-la, com tampoc hi havia manera de fer-ho amb el jutge Koltz, el pastor Frik, el mestre Hermod i els altres habitants de Werst.

Hauran de passar molts anys abans que aquella gent renunciï a les seves creences supersticioses.

De totes maneres, el doctor Patak, que ha tornat a la seva fatxenderia habitual, no deixa de repetir a qui el vol escoltar:

—Que no ho deia, jo?... Genis al castell?... ¿Que potser existeixen, els genis?...

Però ningú no l'escolta, i fins i tot quan la seva xerrameca passa de mida, se li prega que calli.

D'altra banda, el mestre Hermod no ha deixat de basar les seves lliçons en l'estudi de les llegendes transilvanes. Durant molts de temps encara, la generació jove de Werst creurà que els esperits de l'altre món havien encantat les ruïnes del castell dels Càrpats.

ÍNDEX

L'ESPARVER

1. *Jules Verne, EL CASTELL DELS CARPATS*
2. *Emilio Salgari, EL CORSARI NEGRE*
3. *Jules Verne, VINT MIL LLEGÜES DE VIATGE SUBMARÍ*
4. *Mark Twain, LES AVENTURES D'EN HUCKLEBERRY FINN*
5. *Jack London, LA CRIDA DEL BOSC*
6. *Manuel de Pedrolo, DOMICILI PROVISIONAL*
7. *H. G. Wells, L'HOME INVISIBLE*
8. *Edgar Allan Poe, LES AVENTURES D'ARTHUR GORDON PYM*
9. *Anna-Greta Winberg, QUAN UN TOCA EL DOS*
10. *Lleó Tolstoi, HISTÒRIA D'UN CAVALL*
11. *Joaquim Soler, EL FANTASMA DEL FLUVIÀ*
12. *Agustí Alcoberro, EL SECRET DEL DOCTOR GIVERT*
13. *Mary Rodgers, QUIN DIA TAN BÈSTIA!*
14. *Xavier Fàbregas, L'ENCALÇ*
15. *Mark Twain, LES AVENTURES DE TOM SAWYER*
16. *John Wyndham, EL DIA DELS TRÍFIDS*
17. *R. L. Stevenson, LES AVENTURES DE DAVID BALFOUR*
18. *Lennart Frick, L'AMENAÇA*
19. *Daniel Defoe, ROBINSON CRUSOE*
20. *R. L. Stevenson, EL CAS MISTERIÓS DEL DOCTOR JEKILL I MISTER HYDE*
21. *Edgar Allan Poe, L'ESCARABAT D'OR*
22. *Felice Holman, EL ROBINSON DEL METRO*
23. *Mercè Canela, LLUNA DE TARDOR*
24. *H. G. Wells, L'ILLA DEL DOCTOR MOREAU*
25. *Mary W. Shelley, FRANKENSTEIN*
26. *J. R. R. Tolkien, EL HÒBBIT*
27. *Joaquim Carbó, OPERACIÓ BORINOT*
28. *Jules Verne, DOS ANYS DE VACANCES*
29. *A. Von Chamisso, LA MERAVELLOSA HISTÒRIA DE PETER SCHLÈMIHL*
30. *Peter Härtling, LA IAIA*
31. *Jules Renard, PÈL ROIG*
32. *Sir Arthur Conan Doyle, EL MÓN PERDUT*
33. *Pep Albanell, DOLOR DE ROSA*
34. *Henry Rider Haggard, LES MINES DEL REI SALOMÓ*
35. *Alexandre Dumas, ELS TRES MOSQUETERS*
36. *G. A. Bürger, LES AVENTURES DEL BARÓ DE MÜNCHHAUSEN*
37. *Lleó Tolstoi, AMO I CRIAT*
38. *Blaise Cendrars, L'OR*
39. *Joaquim Carbó, CALIDOSCOPI DE L'AIGUA I DEL SOL*
40. *Hans Peter Richter, EL MEU AMIC FRIEDRICH*
41. *Pere Verdaguer, ÀXON*
42. *Lois Lowry, UN ESTIU PER MORIR*
43. *Jack London, EL CREUER DEL DAZZLER*
44. *Italo Calvino, MARCOVALDO*
45. *James Fenimore Cooper, EL DARRER DELS MOHICANS*
46. *Mary Rodgers, LA TELE BOJA*
47. *Maite Carranza, OSTRES TU, QUIN CACAU!*
48. *Emilio Salgari, IOLANDA, LA FILLA DEL CORSARI NEGRE*

49. *Luigi Malerba, CONTES DE BUTXACA*
50. *Anna-Greta Winberg, TOT D'UN PLEGAT*
51. *Georges Arnaud, EL SALARI DE LA POR*
52. *Rudyard Kipling, KIM*
53. *Mary Rodgers, UN ESTIU CAPGIRAT*
54. *Vercors, EL SILENCI DEL MAR*
55. *Margaret Mahy, L'EMBRUIXAMENT*
56. *Jules Verne, CINC SETMANES EN GLOBUS*
57. *Maite Carranza, LA INSÒLITA CAMPANYA*